KB045420

사
물
의 이
력

사물의 이력

평범한 생활용품의
조금 특별한 이야기

글 · 사진 김상규

지식너머

프 . 롤 . 로 . 그 .

2014년 6월 25일, 구글이 차세대 모바일 운영 체제인 안드로이드L을 발표했다. 전 세계 사람들에게 실시간으로 설명했던 핵심 개념은 '물질 디자인material design'이었다. 디지털의 비물질적인 특성을 생각하면 참 의외다. 구글이 말한 물질 디자인은 애플이나 삼성처럼 하드웨어를 제공한다기보다는 물질성을 느끼도록 한다는 은유적인 표현이다. 말하자면 물리적인 원칙들을 디지털 콘텐츠에 활용하는 것이다. 일상적인 공간에서 사람들이 느끼는 것, 예컨대 부피감이나 무게감, 시선의 움직임 같은 것이 이러한 물리적인 원칙에 해당된다. 그동안 디지털의 문법을 익히는 데 집중했다면 이제는 디지털이 아날로그의 문법을 따르려고 하는 것 아닐까 하는 생각이 든다.

한편, 서점을 둘러보면 '사물'이라는 낱말이 들어간 책이 눈에 자주 뜬다. 흥미로운 일이다. 물리적인 것은 20세기의 낡은 산물처럼 취급되지 않았던가. 디지털과 네트워크, 모바일로 수렴되었던 기술 발전 방향 때문에 보이지 않는 디자인, 즉 콘텐츠, 경험, 서비스가 중요해졌다. 그에 비해 형태, 재료, 표면의 질감, 무게와 같은 것은 사람들의 관심에서 점점 멀어져갔다.

이러한 현상들을 보면 미각과 후각, 촉각까지는 어떨지 모르지만 중력이 작용하는 공간의 움직임이 디지털에서도 자연스레 이어질 것 같은 생각이 든다. 그렇다면 사물의 속성을 이해하는 것이 디지털에서 상호 작용interaction을 디자인하는 데 중요한 단서가 될 것이다. 이것은 그동안 변화의 속도에 환호했던 분위기와는 사뭇 다르다. 빨리 변해가고 새로운 것을 받아들이는 분위기에서는 지금 사용하는 사물은 물론이고 오늘 흥했던 기술이나 지식이 내일 당장 폐기될 수도 있다고 생각했는데 다시 사물이라니.

봄이 되어 대학 새내기들을 만나면 그들이 참 신통해 보인다. 어떻게 여기까지 왔을까. 각자 다른 곳에서 태어나고 자라서 공교육을 받고 입시라는 험하고 좁은 관문을 거쳐서 내 눈앞에 있는 것 아닌가. 어디 사람뿐일까. 사물을 볼 때도 그런 생각이 든다. 이것은 어떻게 여기까지 오게 되었을까. 누가 만들었는지, 왜 이런 모양을 하고 있는지, 사물이 눈앞에 나타났을 때만이 아니라 사라졌을 때도 비슷한 생각을 한다. 그 많던 것들이 다 어디로 갔을까. 이것은 시장의 논리와 새로운 기술의 등장만으로 설명하기 어렵다. 사연까지는 아니더라도 사물 뒤에 복잡한 정황은 있다. 내가 물건을 잘 버리지 못하는 이유도 이 때문이며 반대로 덜컥 물건을 구입하지도 않는다.

　이 책은 사물이 현재의 모습을 갖게 된 과정을 구체적으로 추적하고 있다. 디자인 전공자로서 갖는 시각이 중심에 있지만 개인적인 경험도 녹아 있다. 특정 분야에 대해 개인이 갖는 관점에 머물지 않고 동시대를 살아가는 독자들과 공감할만한 사건과 시선으로 넓혔다. 크게 여섯 개 주제로 묶어서 각 주제에 해당하는 사물을 다섯 개씩 예시했다. 첫 번째 '사라지는 것에 대한 예의'는 일상에서 사라졌거나 명맥만을 유지하는 사물을 다루고 있다. 두 번째 '동물을 닮은 것에 대한 고찰'은 자연의 이미지를 따온 인공물에 대한 이야기다. 이는 형태뿐 아니라 속성, 상징체계와도 연계된다. '도시의 일상에 뿌리내린 생산 라인'은 알게 모르게 우리 주변에 파고든 산업적 잔재를 밝혀내고 그러한 속성을 가진 사물을 다루고 있다. 이 과정은 '소재가 가진 함정'으로 이어진다. 문제가 되는 소재를 설명하기보다는 특정한 소재에 대한 막연한 믿음을 다시 생각해보자는 의도를 담고 있다. 다섯 번째 '숨겨진 디테일의 미학'은 디자이너로서 집착하게 되는 당연한 주제라고 할 수 있다. 이 장은 마지막 장인 '관계와 상호작용의 의미'와 더불어 오늘날 흔히 사용하는 사물의 가치와 의미를 알려준다.

디자이너를 비롯하여 창작 활동을 하는 사람이라면 이 책에서 새로운 작업을 위한 영감을 얻을 수 있기를 기대한다. 이미 우리는 앞선 세대들의 지식과 경험이 쌓인 결과를 누리고 있고 그것이 창작의 밑거름이 되고 있다. 따라서 눈앞에 보이는 사물을 통찰력 있게 바라보는 안목은 오늘날 마땅히 갖춰야 할 역량일 것이다. 이렇게 사물의 이력을 아는 것은 교양으로서 가치도 있다. 매일 새로운 상품을 쏟아내는 자본의 힘에서 자신을 지켜나가는 동력이 될 수 있다. 말하자면 시민을 '소비자'로 국한시켜 무엇을 소유해야만 할 것 같고 그 때문에 얼마를 더 벌어야 하는가에 매달리게 하는 구조에서 한걸음 벗어날 수 있게 해준다는 것이다. 이 책을 읽은 독자들이 그런 여유를 갖게 된다면 글쓴이로서 그보다 큰 보람이 없을 것 같다.

2014년 여름
김상규

목 . 차 .

사물 이야기

하나

사
라
지
는 것에 대한

예. 의.

은
은
함
의

상
실

백열전구와 LED전구

전등이 뿔났다

백열전구의 스위치를 올리면 필라멘트에 핏발이 서듯 불이 들어온다. 전등을 켤 때마다 느끼는 거지만, 어둠을 밀어내며 밝은 빛으로 주변을 압도하는 전등불빛에서 '근대'나 '계몽'을 떠올렸던 옛날 사람들의 마음을 어느 정도 이해할 수 있을 것 같기도 하다. 전등불빛은 긴 세월에 걸쳐 발명과 혁신의 고전적인 상징으로 인식되어 왔으니 오늘날에도 멋진 아이디어가 떠오르는 것을 시각적으로 표현하는 데 전구만 한 게 없다.

백열전구에 불이 켜지는 이미지는 곧장 발명왕 에디슨 Thomas Edison에 대한 생각으로 이어진다. 에디슨은 수많은 발명품을 내놓았지만, 그중에서도 전구는 발명가 내지는 과학자를 꿈꾸는 아이들의 역할 모델로서 오랫동안 큰 사랑을 받아왔다. 불을 붙이지 않고 전기로 빛을 내는 것은 에디슨 이전에도 여러 사람이 도전했다. 그럼에도 에디슨이 켠 전등이 40분간 밝기를 유지했기 때문에 그 전구의 필라멘트가 완전히 타버린 1879년 10월 21일이 실용적인 전구 발명일로 인정될 수 있었다고 한다.

백열전구, 퇴출되다

벌써 130년을 훌쩍 넘긴 발명품이 여전히 일상생활에서 널리 사용된다는 것은 대단한 일이 아닐 수 없다. 하지만 이렇게 긴 시간 동안 널리 쓰인 백열전구에게도 마지막 순간이 오게 되었다. 그동안 백열전구가 지닌 단점을 개선하려는 노력이 꾸준히 있었고 덕분에 안정적인 구조를 갖추게 되었지만 백열전구의 근원적인 결함을 어찌할 수 없었기 때문이다. 예컨대 전구를 켤 때 소모되는 전력 중에서 단 5%만 빛을 내고 나머지 95%가 열을 발산시켜 낭비되는 속성까지는 바꾸지 못한 것이다. 결국 이 비효율성은 백열전구의 생산을 중단시키는 빌미가 되었다. 이미 몇몇 나라는 2013년부터 백열전구의 생산을 중단시켰고 우리나라도 2014년까지만 허용하는 방침이 마련되었다.

환경 문제가 국제 사회에서 중요하게 부각되고 친환경, 신재생 에너지라는 덕목이 정부의 지원을 받으면서 얼마 전부터 LED(Light Emitted Diode, 발광 다이오드)전구가 백열전구의 자리를 대신하기 시작했다. LED전구는 10와트의 전력으로도 백열전구 60와트와 같은 빛을 낼 만큼 효율이 높고, 백열전구보다 10배 이상 오래 사용할 수 있다. 게다가 LED 기술이 하루가 다르게 발전하면서 더 저렴해지고 더 화려해지고 있으니 LED전구와 백열전구 중에서 무엇을 선택할지는 너무나 분명하다.

단순히 밝기로만 평가할 수 없는 것들

백열전구의 퇴출이 현실화되면서 한두 해 사이에 밤 풍경이 변해가는 것을 체감한다. 나 혼자만이 그렇게 느끼는 것은 아니리라. 푸르스름한 빛을 내는 형광등빛을 제외하고 전등불빛은 으레 누르스름한 색이라는 것에 익숙해 있었으나, 지금은 빨간색, 파란색, 초록색이 뒤엉켜 온갖 색을 연출하고 있다. 손전등이며 자동차며 쇼윈도까지 강렬한 빛의 점들이 여기저기 박혀 있고 유리 상자 같은 건물을 시시각각 다른 색으로 만들어주기도 한다.

흔히 '30촉 백열등'이라 불리는 7.5럭스 정도의 전구가 빛어내던 어둑어둑한 공간은 이제 찾아보기 힘들어졌다. 이미 오래전부터 가정집에서는 에너지 효율이 높고 밝은 등이 실내를 환히 밝히고 있고, 곳곳에 위치한 편의점은 24시간 동안 쉬지 않고 길모퉁이를 환하게 지키고 있다. 이러한 가운데 전

구는 과연 얼마나 밝아야 할까, 어느 정도 밝기가 좋은가 하는
의문이 든다.

처음 유럽 출장을 갔을 때 봤던 저녁 풍경은 무척 새로웠다.
주택가에 있는 가로등은 그리 밝지 않았고 길에서 건물 안을
들여다보면 실내 공간도 어두운 편이었다. 어릴 적부터 방마
다 천장 한가운데에 밝은 등을 켜놓은 집에서 살아온 경험 때
문에 간접 조명만 있는 실내가 참 낯설었다. 여행자의 눈에는
모든 것이 이국적으로 보이게 마련이라 커튼 너머로 보이는
그들의 거실이 멋지게 느껴졌을 수도 있겠다. 아무튼 밝다고
능사가 아니라는 생각을 그때 처음 하게 되었다. 밝기로만 따
지자면 확실히 우리나라의 주택보다 훨씬 뒤처지지만 유럽의
실내조명이 더 매력적으로 보였던 것은 밝기로만 판단하기
어려운 다른 무엇인가가 있었기 때문은 아닐까.

어둠에 대하여

일본 작가 다니자키 준이치로谷崎潤一郎가 쓴〈음예예찬陰翳禮讚〉(우
리말 번역서의 제목은〈그늘에 대하여〉이다.)은 은은함을 잘 설명
해주고 있다. '음예'는 그림자로 똑 떨어지지 않고 거무스름한

모습을 뜻한다고 한다. 아마도 어둑어둑한 일본 전통 가옥의 실내를 감성적으로 풀어내기 위해 선택한 낱말일 것이다. 사실 건축 재료나 기술상 창을 충분히 넓게 만들기 어려운 조건인 데에다 인공조명이 실용화되기 이전이었으니 실내 공간이 밝았을 리 만무하다. 하지만 작가는 그것을 낙후되었거나 불편한 생활 양식으로 보지 않고 오히려 다음과 같은 정서적인 의미를 부여했다.

"일본인 역시 어두운 방보다는 밝은 방이 편리하다고 생각했음에 틀림없지만, 어쩔 수 없이 그렇게 된 것일 터이다. 그러나 아름다움이라는 것은 언제나 생활의 실제로부터 발달하는 것으로, 어두운 방에 사는 것을 부득이하게 여긴 우리 선조는 어느덧 그늘 속에서 미를 발견하고, 마침내 미의 목적에 맞도록 그늘을 이용하기에 이르렀다."

물론 당시에 서구 문화를 부러운 시선으로 보던 일본인들에게 자긍심을 심어주기 위한 목적도 있었지만, 음예 공간 이야기는 오늘날의 밝음에 대해 다시 생각하게 한다. 일본뿐 아니라 우리나라도 대체로 어둑어둑함은 가난하고 위험하고 불건전한 이미지로 인식되어온 것이 사실이다. 지난 십 수년 간 이어진 도시 환경 개선의 목적은 바로 이러한 이미지의 공간을 없애는 것이기도 했다. 오래된 주택가나 상가와 함께 후미진 뒷골목이 사라진 것이다.

완벽하게 이상적인 것은 없다

값싼 백열전구로 집집마다, 골목 구석구석을 밝히던 시절을 낭만적 기억으로 미화시키고자 함은 아니다. 텅스텐 유리알이 뿜어내는 은은한 빛에서 느꼈던 입체감, 즉 '깊이' 또는 '두께'라고 표현할 수 있을 법한 빛 공간의 경험이 사라지고 있는 데 대한 아쉬움을 말하려는 것이다. 오래된 기술과 비효율성을 이유로 백열전구와 같은 보편적인 광원을 생산하지 못하도록 한 정책 결정은 너무나 단편적이다. 문제가 많더라도 자연적으로 도태되도록 두면 될 것을 굳이 법적으로 강제하는 것은 신기술 산업에 자리를 마련해주기 위해 오래된 기술과 사용 경험을 무자비하게 없애는 꼴이다.

동일한 사용 시간 내에서 전력 소모를 따져서 LED전구의 효율을 높게 평가하지만 이것도 좀 더 생각해볼 일이다. 예전에는 동이 트면 누가 시키지 않아도 지나가던 사람이 동네 골목길의 가로등을 끄고는 했다. 오늘날처럼 일률적으로 가로등이 켜지고 꺼지는 것에 비하면 당연히 불편하고 비효율적이지만, 그때는 적어도 전기는 귀한 것이고 그래서 아껴야 한다는 인식이 몸에 배어 있었다. 가정에서도 쓸데없이 불을 켜두었다가는 부모님에게 야단맞기 일쑤였으니 늘 신경 써야 했다. 하지만 LED전구를 사용하고부터는 전기 소모가 적다는 인식 때문인지 예전만큼 불을 켜고 끄는 일을 신경 쓰지 않게 되었다. 심지어 업소의 네온사인은 단속하면서도 LED로 제작된 간판은 밤새 현란한 빛을 내며 켜져 있어도 단속하지 않는 묘한 현상까지 나타났다. 제아무리 절전 기능이 탁월하다 해도 많은 양을 오랫동안 사용한다면 대체 효과가 제대로 날 리 없다. LED가 이상적인 광원으로 인식되고 있더라도 허점은 있기 마련이다.

기능은 향상되었지만…

빛의 형상에도 각각 차이가 있다. 백열등은 둥그런 빛이 확산되는 데 반해 형광등과 네온 불빛은 선을 이루고 있고 LED는 몹시 선명한 점으로 존재한다. LED 조명 아래에서는 빛 공간이 형성되기 어렵다. 즉, 냉정해 보일 뿐 풍부하지는 않다고 표현할 수 있겠다. 그래서 확산되던 빛의 형상, 달리 표현하면 묵직한 덩어리감이 사라지고 어둠을 밀어내는 원초적인 기능에 충실해진다는 느낌이다. 다양한 색을 연출하고 순차적으로 색이 바뀌더라도 자연스러운 색감을 보여주지는 않는다.

광원이 전면적으로 바뀌는 것은 무엇보다 수십 년간 경험해온 빛의 질감이 삭제되는 것이기도 하다. 또 공간의 질감은 그 공간을 표현하는 낱말과도 관련이 깊다. 다니자키 준이치로의 표현을 빌자면 '섬세한 밝음, 옅은 어두움'이라고 하겠다. 사실 작가가 백 년 전쯤에 사용한 이 표현은 자연광이 다다미방으로 스며드는 장면을 나타낸 것이었다. 하지만 이제는 오히려 그 표현이 백열전구에 적절한 것 같다. 백열전구가 다른 광원으로 대체된다는 것은 '어슴푸레하다, 은은하다'라는 식의 표현이 그저 '밝다, 환하다'로 바뀌는 것에 지나지 않는다.

이제는 전기 소모의 주범으로 지목되어 퇴출되는 백열전구를 대신해서 LED전구가 한결 더 밝게 세상을 비춰줄 것이다. 게다가 전구를 직접 갈아 끼우지 않으니 금방 끈 전등의 전구를 만지다가 손을 델 일도 없다. 하지만 무언가가 부족한 듯한 느낌을 지울 수가 없다. 마치 아날로그 음반에서 잡음을 제거한 디지털 음원을 듣는 것처럼 말이다. 효율과 명확성으로 따지자면 디지털 음원이 확실히 뛰어나지만 LP가 꾸준히 인기를 누리는 것은 단지 '잡음'으로만 평가 절하할 수 없는 숨은 매력이 있기 때문이다. 결국 LED의 강렬한 점박이 빛들은 친환경이니 신재생 에너지니 하면서 각광받기는 해도 은은한 주황빛이 확산되던 공간을 대신하기는 어려울 것 같다. 더구나 알전구의 '뜨거운 맛'을 LED전구에서 찾아보기란 거의 불가능해 보인다.

●

촉각의 퇴화

_____

버튼과 터치

타자기에 대한 기억

작가 폴 오스터 Paul Auster 의 글에는 세련된 도시 감성이 담겨 있다. 그런데 〈타자기를 치켜세움 The story of my typewriter 〉이라는 에세이집에서는 뜻밖에도 기계와의 '불편한' 관계를 다루었다. 1974년 이후로 올림피아 포터블 타자기 Olympia portable typewriter 로 글을 쓴다는 그는 동료 작가들이 하나둘 컴퓨터로 바꾸는 사이에도 여전히 '디지털 비전향자'로 남았다. 컴퓨터의 워드 프로세서가 가지고 있는 치명적인 오류, 즉 버튼 하나를 잘못 눌러서 작업한 것이 통째로 날아가버렸다는 지인들의 낭보를 접하고는 그 두려움으로 인해 타자기를 고수하게 되었는지도 모르겠다. 아무튼 그는 컴퓨터를 멀리하고 자칭 20세기 호모 스크립토루스 homo scriptorus 라는 멸종 위기 종의 마지막 가공품인 타자기와 함께 살아갈 뜻을 확고히 했다.

폴 오스터 정도는 아니지만 나 또한 타자기에 대한 기억이 있다. 오래전에 전동 타자기라는 것이 있었다. 대학 2학년 때 큰마음먹고 20개월 할부로 라이카 전동 타자기를 구입했다. 친구나 후배들과 함께 스터디를 할 때마다 발제문을 손으로 쓴 뒤에 복사를 하고는 했는데 손글씨가 썩 마음에 들지를 않아서 타이핑을 해야겠다고 생각하던 참이었다. 가장 저렴한 모델이었는데도 전동 타자기의 타이핑은 무척 부드러웠다. 휠wheel이 돌면서 리본의 먹을 종이에 찍어내는 것이 근사했다. 200자 원고지에서 타자기로 바꾼 지 몇 년 만에 일어난 또 다른 변화였다. 원고지 시절에는 단락을 바꾸면 첫 번째 칸을 띄워 써야 하고 마지막 문장이 원고지 오른쪽 끝에 걸리면 마침표를 끝 글자 안에 함께 넣어야 한다는 등의 원고지 표기법을 익혔다. 그리고 타자기 시절에는 줄을 바꾸고 쌍자음을 찍는 요령을 익혀야 했다. 전동 타자기를 사용할 때는 그동안 익힌 모든 기법을 활용하되 일반 타자기를 사용할 때처럼 손끝에 힘을 주지 않아도 되고 휠을 교체하면 새로운 서체를 사용할 수도 있었다. 애석하게도 이 기분 좋은 놀라움은 몇 달 가지 않았다. 전동 타자기를 도둑맞았기 때문이다.

그러다 사라진 타자기의 할부금을 다 갚기도 전에 새로운 타이핑을 경험하게 되었다. 컴퓨터 키보드를 만지기 시작했던 것이다. 컴퓨터에서는 타자기의 '받침' 버튼을 누르지 않아도 되었다. 타이핑이 잘못 되어도 타자 지우개나 수정액으로 지울 필요가 없었다. 무엇보다 키보드를 두들길 때의 부드러움은 그야말로 신세계를 만난 듯했다. 두들기기보다는 살짝살짝 누르는 정도였으니 속도도 훨씬 빨랐다.

누르는 것과 닿는 것

키보드와 비슷한 예로 전화기가 있다. 유선 전화기 디자인에서 버튼의 형태는 몹시 중요했다. 버튼 12개의 크기와 간격, 표면의 질감, 곡률에 세심하게 신경 써야 했다. 무엇보다 버튼을 잘못 누를 확률을 줄이는 것이 관건이었다. 실리콘 재질을 사용해서 손가락이 부드럽게 닿게 하고 버튼에 불이 들어오도록 했다. 또 인쇄된 숫자와 기호가 지워지지 않도록 했고 숫자 '5'에 해당하는 버튼에는 특별히 돌기가 있었다. 촉각으로 위치와 배열을 감지할 수 있도록 한 것이다.

하지만 이러한 배려는 터치 방식으로 바뀌면서 그 의미가 사라졌다. 매끄러운 투명창 위에는 걸리적거릴 것이 전혀 없다. 버튼 사이사이에 먼지가 들어가서 지저분해질 일도 없다. 살짝 닿기만 해도 조작이 가능하다. 손가락 움직임이 능숙하지 않다면 터치펜으로 섬세하게 조정할 수 있다. 이와 같이 많이 보급되어 익숙해진 터치스크린은 눈에 보이는 것을 손가락으로 직접 선택하면 된다. 키보드를 누르거나 마우스를 움직이는 것이 아니라 직관적인 상호 작용이 이뤄지기 때문에 작동 방식을 몰라도 정보에 쉽게 접근할 수 있다.

누르기에서 닿기로 바뀌는 것은 단순히 기계를 작동시키

는 방식이 달라진 정도에 그치지 않았다. 정보를 인식하는 과정이 달라졌고 새로운 관계까지 형성시키는 커다란 변화를 동반했다. 이전과는 다른 집단이 생겨났고 이것을 새로운 세대, 심지어 신인류라고 표현하는 이들도 있다.

엄지 세대의 선택

1990년대에 '언제나 연결되어 있는 세대'가 등장했다. 이 새로운 세대는 엄지손가락만으로 문자 메시지를 보낼 수 있었다. 프랑스의 철학자 미셸 세르Michel Serres는 이들을 '엄지 세대'라고 부르고 '타자수'와 다른 신인류로 구분했다. 엄지 세대는 이른바 타자수 세대와는 다른 언어를 사용하고 정보를 인식하는 방식도 다르다. 인지 과학에 따르면 웹 서핑을 하거나 엄지로 메시지를 주고받는 경우와 책을 읽거나 필기를 할 경우에 자극받는 뉴런과 뇌의 부위는 각각 다르다고 한다. 미셸 세르는 자신의 저서 〈엄지 세대, 두 개의 뇌로 만들 미래 Petite poucette〉에서 정보 환경이 바뀌면서 몸도 변화하고 있다고 설명한다. 의자에 매여 있던 몸이 자유롭게 돌아다니고 언제든 주머니 속에 들어 있는 지식 상자를 꺼내볼 수 있으며 누구든 이웃이 될 수 있는 유통적인distributif 공간에 살고 있다는 것이다.

미셸 세르의 주장은 니콜라스 카Nicholas Carr가 〈생각하지 않는 사람들The Shallows〉에서 주장한 내용과는 사뭇 다르다. 두 사람 모두 스마트 기술이 사고하는 방식에 변화를 준다는 것에 주목하고 있지만, 미셸 세르는 스마트 기술 덕분에 기성세대가 이루지 못한 새로운 사회적 관계가 형성되고 있다고 예찬했다. 그가 몸과 인식의 격렬한 지각 변동을 긍정적으로 표현했다면 니콜라스 카는 스마트 기술 때문에 사람들이 사고 능력을 잃어가고 있다는 부정적인 평가를 내놓았다.

하지만 사고 능력이라는 어려운 주제를 떠나서 촉각만 따져보더라도 스마트 기술에 의한 큰 변화를 충분히 감지할 수 있다. '버튼'보다는 '터치'로 바뀌었으니 손끝 감각이 예전과는 확연히 다르다. 그렇다면 터치로 말미암아 엄지의 감각이 더 예민해진 것일까?

손끝의 감각

예민함을 언급하기에 앞서 손끝 감각에 대해 먼저 생각해보

자. 엄지든, 검지든 손가락 피부는 감각을 입력하는 단순한 기능을 갖고 있다고 생각하기 쉬운데 우리가 몰랐던 특별한 부분이 존재할 수도 있다. 의학의 역사를 되짚어보면 손끝의 감각이 눈과는 다른 종류의 감각 정보를 뇌에 전달할 것이라는 가설을 찾아볼 수 있다.

생물학자인 찰스 셰링턴Charles Sherrington은 의식적 목표를 마음에 두고 손가락 끝을 가져가는 행위로 '능동적 촉감active touch'이라는 것을 탐구하면서 촉감이 수동적이지만은 않음을 주장했다. 또한 저명한 사회학자인 리처드 세넷Richard Sennett은 〈장인The craftsman〉이라는 책에서 이와 같은 손의 촉감을 연구한 사람들의 이야기를 전해주고 있다. 연구자들이 내놓은 결론은 어느 물건의 특정 부분을 손가락 끝으로 더듬게 되면 뇌가 생각을 시작하도록 자극받는다는 것이다. 참으로 놀라운 사실이다. '국부적 촉감localized touch'이라고 불리는 이 접촉이 정보를 얻는 것 이상의 의미를 가진다는 것 아닌가.

이와 같은 현상은 예민한 살갗이라면 다소 이해가 되는 부분이다. 그렇다면 굳은살은 어떨까? 상식적으로는 굳은살이 박여서 피부가 두꺼워지면 감각은 당연히 둔화된다고 생각할 수 있다. 하지만 실제로는 정반대의 결과가 나타난다고 한다. 굳은살은 손에 퍼져 있는 신경 말단을 보호함으로써 탐색 행위의 머뭇거림을 줄여준다는 것이다. 집으려고 하는 것이 뜨거운지 확인하거나 표면의 거칠기를 판단할 때를 떠올리면 쉽게 이해할 수 있을 것이다.

'터치'는 손끝 감각을 무뎌지게 한다

따지고 보면 엄지 세대의 손끝 감각이 이전 세대보다 더 예민해지지는 않은 것 같다. 엄지를 사용하는 횟수는 분명히 늘어났지만 사용 패턴은 몹시 단순해졌기 때문이다. 손끝이 닿는 질감도 획일적으로 바뀌었다. 특히 터치의 경우는 매끄러운 액정 화면 위를 더듬는 게 고작이다. 말하자면 터치스크린은 균질한 조작성만을 경험하게 한다. 또한 전달 과정에 참여하느냐의 여부에 대한 문제도 생겼다.

얻는 것이 있으면 잃는 것도 있기 마련이다. 새로운 기술이 주는 경험도 마찬가지다. 리처드 세넷의 말을 인용하면 "새로 나온 최신 제품을 손에 넣는다는 사실 자체가 그 물건을 오래 쓰는 일보다 더 중요해진 것이다."라고 할 수 있겠다. 이것은 이미 오래전부터 있었던 일이다. 심지어 1851년 런던에서 열린 만국 박람회Great exhibition에서도 순전히 기계적인 위력에서 나오는 강렬한 인상이 박람회가 의도하는 전부였다고 한다. 오늘날의 박람회도 크게 다르지 않다. 혁신이라는 이름으로 이전의 기술을 무력화시킬 아이디어를 내놓는다.

하지만 손에 의한 촉각이라는 측면에서 새로운 기술이 놓치지 말아야 할 것이 있다. 손으로 획득할 수 있는 지식은 분명히 있다. 손에 다양한 자극이 전달되고 그러한 자극을 조절하는 행위는 물성物性을 확인하고 그것이 어떤 움직임을 갖게 될지 단서를 얻게 한다. 이러한 의미에서 '터치'는 오히려 촉각의 퇴화를 불러올지도 모를 일이다.

"새로 나온 최신 제품을 손에 넣는다는 사실 자체가
그 물건을 오래 쓰는 일보다 더 중요해진 것이다."

●

입
자
에
서
·
픽
셀
로

필 카 와 디 카

수동 카메라의 무뚝뚝한 매력

요즘은 '카메라'라고 하면 디지털카메라(일명 디카)를 먼저 떠올린다. 필름 없이 가볍고 다양한 기능을 갖춘 디지털카메라를 마다할 사람은 없는 것 같다. 물론 이것을 꺼리는 특별한 사람들도 있다. 일본의 예술가 아카세가와 겐페이赤瀨川原平도 그중 한 사람이다. 그는 플라스틱 카메라가 매력이 없다고 생각한다. 몸속에 자석이라도 있는 듯 금속 카메라에만 끌린다는 것이다. 〈클래식 카메라 탐닉〉이라는 그의 책에서는 이것을 '혈중 금속 농도'라고까지 표현한다.

아카세가와 겐페이의 책을 읽다가 한동안 구석에 두었던 니콘 카메라를 꺼내보니 정말로 디지털카메라의 플라스틱 몸체와는 큰 차이가 있음을 깨닫게 되었다. 아버지에게서 물려받은 니콘 FM 카메라인데 30년도 더 되었다. 아버지는 돌아가셨지만 카메라는 여전히 별다른 문제없이 작동한다. 물론 지금은 그 카메라로 사진을 찍지는 않는다. 그래도 불과 몇 년 전까지 사용했던 것인데 차가운 금속의 촉감과 묵직함이 처음 만져보는 것처럼 낯설게 느껴졌다. 이전에는 카메라라면 으레 무거우려니 했을 텐데 디지털카메라를 오랫동안 사용하면서 가벼운 플라스틱 질감에 익숙해지다보니 생소한 느낌을 받았던 것이다.

지금 그 카메라에 들어가 있는 필름은 인화를 해보기 전까지는 언제, 어떤 장면을 촬영했는지 전연 알 길이 없다. 이처럼 필름을 넣는 수동 카메라, 요즘 말로 '필카'는 그 속을 알 수 없는 무뚝뚝함이 있다.

이미지를 구성하는 것

20세기의 대표적인 디자이너로 손꼽히는 찰스&레이 임즈 Charles&Ray Eames 부부는 영화에도 관심을 가지고 독특한 영화를 선보였다. 1977년에 제작한 '10배의 힘Powers of ten'은 실험적이면서도 교육적인 가치를 지닌다. 영화는 소풍을 나왔다가 한가로이 잔디밭에서 잠을 자는 사람의 모습에서 시작한다. 이것을 10배씩 좁혀나가다보면 우주의 모습이 펼쳐진다. 반대로 10배씩 확대시켜 사람의 손등을 세밀히 들여다보게 된다. 손등의 피부, 피부 조직의 세포, 심지어 그 속의 핵까지 파고든다. 이러한 영상은 어릴 적 칼 세이건Carl Sagan 박사의 해설로 진행된 다큐멘터리 '코스모스Cosmos'를 떠올리게 한다. '코스모스'가 1980년에 제작된 다큐멘터리니까 이보다도 3년이나 앞서서 만든 것인데 지금 봐도 신기할 따름이다. 결국 '10배의 힘'은 사람은 큰 우주의 너무나 작은 존재이면서 동시에 사람의 몸은 눈으로 볼 수 없이 작은 생명의 단위들로 구성되어 있음을 알게 해준다.

사진을 들여다보면 어떤 상태일까? 수동 카메라로 찍은 이미지와 디지털카메라로 찍은 사진은 육안으로 크게 차이가 나지 않지만, 임즈 부부가 그랬던 것처럼 사진을 확대시키면 확연한 차이가 난다. 그것은 필름과 파일로 기록되는 차이, 즉 광학과 디지털의 특성 차이다. 인화된 사진과 인쇄된 사진의 차이에서도 비슷한 차이가 있다. 사진은 빛 노출에 따라 필름에 화학적인 반응이 남고 그것이 다시 현상과 인화 과정을 거치면서 역시나 화학적으로 이미지를 정착시킨다.

일반적인 인쇄물은 오프셋offset 인쇄*를 거치는데 이 경우 망점halftone dot** 방식을 사용한다. 그래서 이미지를 확대하면 인화지와 달리 일정한 간격으로 점이 가지런히 배열되어 있는 것을 볼 수 있다. 디지털 파일의 이미지는 익히 보아왔듯이 이미지 도트image dot, 즉 픽셀pixel*** 로 이루어져 있는데, 이미지를 확대하면 사각형의 픽셀이 빼곡한 것을 볼 수 있다. 이것은 TIF**** 와 같은 픽셀 기반의 이미지 파일 포맷으로 구

*오프셋 인쇄
인쇄판과 고무롤러를 사용해서 종이에 인쇄하는 인쇄법. 금속 인쇄판에 칠해진 잉크를 고무 롤러를 통해서 종이에 묻히는 방식을 사용한다.

**망점
사진이나 그림을 인쇄물로 재현하기 위해 만들어지는 미세한 점. 크고 작은 미세한 점들이 모여서 흑백이나 컬러 이미지를 구현하며 육안으로는 자연스러운 이미지로 인식된다.

***픽셀
이미지 도트. 디지털 이미지를 구성하는 가장 기본이 되는 단위다.

****TIF
TIFF(Tagged Image File Format)라고도 불리는 픽셀 기반의 이미지 파일 형식 앨더스사와 마이크로소프트사가 효과적인 이미지 저장 포맷으로 공동 개발했다.

성된다. 각 픽셀에는 특정 좌표와 색 값이 할당되어 있다. 말하자면 화학적인 반응에 의해 생긴 색 입자나 망점과 달리 정보를 담은 데이터가 기본을 이루는 것이다. 이 데이터는 의도한 대로 변형이 가능하기 때문에 아날로그 방식으로 이미지를 만드는 것보다 훨씬 유리하다.

찍지 못한 순간들

필름이냐 파일이냐, 아날로그냐 디지털이냐 하는 논쟁은 여전하지만 대세는 파일, 디지털로 기운 지 오래되었다. 2007년 라이프지가 폐간된 것도 이것과 무관하지 않을 것이다. 인터넷에서 공짜로 정보를 얻고 누구든 사진을 찍어서 사이트에 올려놓는 시대에 필름으로 찍은 사진을 실은 잡지를 돈 주고 보려는 사람들이 없어진 탓이다.

영화 '월터의 상상은 현실이 된다The secret life of Walter Mitty'에서 라이프지의 마지막 호 표지는 네거티브 필름 관리자 월터 미티가 필름을 들여다보는 모습이었다. 맡은 일에 몰입한 때가 가장 아름다운 순간이라는 영화의 주제를 보여주는 장면이자, 이제는 필름을 들여다보는 행위 자체가 아득한 일이 되었다는 것을 실감하게 하는 장면이었다.

영화에서는 월터 미티가 사진작가 숀 오코넬이 보내준 필름을 잃어버려서 그를 찾아나서는 이야기를 담고 있다. 월터는 아이슬란드를 거쳐 히말라야에 올라서야 숀을 만나게 되는데 그는 그곳에서 눈표범을 기다리고 있었다. 그런데 정작 눈표범이 나타나자 경외심 가득한 눈으로 렌즈를 통해 응시할 뿐 사진을 찍지는 않았다.

이 부분은 사진작가인 윌 스티어시Will Steacy가 편집한 〈찍지 못한 순간들에 대하여Photographs not taken〉에서 여러 사진작가들이 들려준 에피소드들과 연결된다. 때로는 너무나 아름다워서, 때로는 차마 그럴 수 없어서 렌즈에 담기를 포기하고 마음에만 남겨둔 것이다. 필름은 기껏해야 36장밖에 담을 수 없으니 무턱대고 촬영할 수 없다. 여분의 필름을 몇 롤 준비했다고 해도 새 필름으로 갈아 끼우는 사이에 중요한 순간을 놓칠 수 있으니 신중할 수밖에…. 필름이 주는 불편함이 신중함을 낳은 셈이다.

풍요 속의 빈곤

물리학자 빅토르 바이스코프Victor Weisskopf는 MIT 공대 학생들이 컴퓨터 실험에만 의존하자 다음과 같이 지적했다고 한다.

"컴퓨터는 답을 알고 있는 게 분명해. 하지만 자네들은 모르는 것 같아."

디지털 이미지도 마찬가지인 것 같다. 필름이라면 아끼고 아껴서 중요한 순간을 포착하겠지만 디지털카메라로는 마냥 찍어댄다. 나중에 지우면 되기 때문에 우선 찍고 보자는 생각으로 한 컷 한 컷에 그다지 신중을 기하지 않는다. 순간의 이미지를 카메라 메모리에 저장하는 것으로 해결해버리기 때문에 카메라는 알고 있지만 정작 자신은 어떤 장면을 찍었는지 모르고 다시 보지도 않게 되는 것이다. 반면에 필름으로 찍으면 필름 한 통을 다 찍어서 현상해보기 전까지는 이미지를 확인할 길이 없기 때문에 촬영한 이미지를 머릿속에 담아두어야 한다. 촬영이 끝난 뒤에는 현상과 인화 과정을 기다려서 일정한 두께의 인화지를 손에 쥘 수 있다. 그리고 다음에 필요할 때 재인화하기 위해 필름을 소중하게 보관한다.

이처럼 디지털카메라로 찍은 이미지는 엄청난 수량의 사진을 가지고 있더라도 진정한 의미의 이미지라고 말하기는 어렵다. 수많은 이미지가 디지털카메라 안에 들어 있더라도 내가 모른다면 찾을 일이 없고 그렇다면 그저 저장된 데이터 중 하나일 뿐이다. 필름으로 만들어낸 이미지와 정반대로 편리함이 신중함을 잃게 만든 것이다.

시간이 지나도 대체되지 않는 것

아카세가와 겐페이처럼 금속 카메라를 예찬할 의도는 없었다. 개인적으로 금속 카메라가 갖고 있는 특유의 분위기와 질감에 매력을 느끼기는 하지만 그보다는 디지털 방식으로 이미지를 기록하는 것이 자연스러워진 상황에서 어떤 변화가 있었는지 돌아보자는 생각이었다. 이 과정에서 한 사물이 다른 새로운 사물에 의해 완전히 대체되기는 어렵다는 점을 발견하게 되었다. 여기에 카메라가 갖는 독특한 문화적 향수도 한몫 톡톡히 한 것 같다.

수십 년간 손때 묻은 기계식 카메라는 여전히 아름답고 유용하다. 시간이 지날수록 오히려 점점 더 귀중한 물건이 되어 간다. 그렇다면 디지털카메라도 먼 훗날 그렇게 될 수 있을 까? 애플의 맥 클래식에 대한 향수가 있듯이 디지털카메라의 특정 모델도 사람들의 기억에 남을 수는 있을 것이다. 하지만 그때가 되어도 디지털카메라가 기계식 카메라만큼 유용할 것 같지는 않다. 게다가 아직도 필름으로 인화한 사진이 파일 을 출력하거나 인화한 이미지보다 훨씬 뛰어난 품질을 보여 준다는 전문가들을 적잖이 만난다. 비전문가로서 실제로 그 러한 차이가 있는지 확인하기는 어렵지만, 왠지 픽셀로 이루 어진 이미지의 우위를 인정하고 싶지는 않다. 어떤 논리적인 근거를 대기는 어렵지만 광학적인 이미지가 더 뛰어나다는 말에 괜스레 공감하고 심지어 안도감마저 든다.

필름 카메라가 그 주인보다 더 긴 수명을 갖는 것을 보면 소수의 개인적인 애정이 아니더라도 여전히 골동품 카메라 를 사랑하는 사람들의 감성과 자부심이 쉬이 사그라들지는 않을 것 같다.

"컴퓨터는 답을 알고 있는 게 분명해.
하지만 자네들은 모르는 것 같아."

●

───────────────

디 스 켓 과   카 세 트

사물의 수명

사물은 유기적 존재도 아니고 생명이 있는 것도 아니지만 수명은 있다. 우선 제조 회사에서 품질 보증을 하는 내구연한이 있다. 이 경우는 물건을 오래 사용하다가 낡아서 버리는 것이니 사람으로 치면 '명命'을 다한 것이다. 이것보다 더 큰 범위에서 수명을 생각할 수도 있다. 늘 보던 사물이 소리 소문 없이 주변에서 슬금슬금 사라져 눈에 잘 띄지 않게 되는 경우다. 이른바 퇴물이 된 것들이다.

퇴물이 되는 과정에는 두 가지가 있다. 새로운 모델이 나와서 이전 모델을 구식으로 만들어버리는 것이다. 이는 제조 회사들이 더 많이 팔기 위해 오랫동안 써온 방법이며, 흔히 '의도적 진부화' 또는 '계획적 진부화planned obsolescence'라고 부른다. 적당히 사용하면 고장나거나 쓰는 사람으로 하여금 싫증나게 해서 제품 수명을 인위적으로 단축시키는 것이다. 매년 자동차 모델이 바뀌고 휴대전화가 바뀌는 이유는 바로 이 때문이다. 또 다른 과정은 새로운 기술이 등장해서 상대적으로 효용성이 떨어져 보이는 것이다. 스마트폰이 등장하자 그동안 잘만 사용했던 모든 휴대전화가 갑자기 저성능 휴대전화, 즉 피처폰feature phone이라는 범주로 묶인 것이 대표적인 사례다. 이러한 과정은 사람 몸의 신진대사와 닮았다.

공식적인 퇴물들

공업 생산품의 경우에는 퇴물이 되었음을 공식적으로 발표
하기도 한다. 광공업 생산지수와 서비스업 생산지수를 조사
하는 대상에서 탈락된 품목을 발표하는 것이 대표적인 예다.
2013년 2월 28일에 통계청이 발표한 공식 퇴물은 브라운관
컬러텔레비전, CD 드라이브, MP3 플레이어, 디지털카메라
등이다. 물론 통계청이 '퇴물'이라고 표현하지는 않았다.

통계청은 1955년부터 5년마다 조사 품목을 선정해왔다.
그 기준은 국내 광공업 전체 사업체의 생산액에서 5000분
의 1 이상이어야 하는데 그 범위에 들면 목록에 포함되고 그
렇지 않으면 제외되는 것이다. 1990년 기준에는 석유곤로,
탈수기 등이 빠졌고 산업용 로봇, 김치 냉장고 등이 그 자리
를 채웠다. 말하자면 5년마다 새롭게 등장하는 산업과 퇴보
하는 산업을 극명하게 대비시켜주는 것이다. 2010년 기준을
발표하면서 LED, 공기 청정기, 태양 전지가 신규 품목 16개
를 포함시켰고 탈락한 품목 총30개에 MP3 플레이어와 CD

드라이브를 집어넣었다. 우리 주변에 나타난 지 십여 년밖에 안 되는 디지털 기기들이 어느덧 퇴물이 되어버린 것이다.

그렇다고 해서 이들이 완전히 종적을 감춘 것은 아니다. 다만 산업의 규모가 크지 않을 뿐이다. 예컨대 석유곤로가 품목에서 빠졌다고 해서 이 세상에서 완전히 사라져버리지는 않았다. 여전히 석유곤로를 사용하는 곳이 가끔 있다. 이렇게 석유곤로처럼 마이너리티minority로 살아남는 것도 있지만 다른 생존 방식도 있다.

아이콘으로의 부활

퇴물들의 생존 방식 중 하나는 자신의 존재 형식을 바꾸는 것이다. 달리 말해 물리적인 형식을 버리고 비물질적인 존재로 변환하는 것이다. 저장 매체를 생각해보면 광공업지수에서 빠진 CD 드라이브뿐 아니라 CD 자체를 사용하는 경우도 현저히 줄어들었다. 요즘에는 노트북 컴퓨터가 얇아지면서 아예 CD를 사용하지 않는 것을 전제로 노트북이 설계되고 있고 음악도 CD로 듣는 일이 거의 없다.

그렇다면 CD의 등장으로 일찌감치 밀려났던 디스켓은 어떤가? 흔적도 없이 사라졌을 것 같지만 놀랍게도 디스켓은 지금도 사람들의 일상에 깊이 각인되어 있다. 물론 이전처럼 저장 장치로 사용되는 것은 아니다. 아이콘의 형태로 거의 모든 프로그램에 존재하고 있다. 그야말로 비물질적인 형태로 존재하고 있는 것이다. 디스켓이라는 것을 구경조차 못 해본 사람도 디스켓 이미지가 '저장save'을 의미한다는 것은 알고 있다. 디스켓이 저장 장치였다거나 '저장' 아이콘을 디스켓에서 따왔다는 사실을 몰라도 상관없다.

서류철을 만질 일이 없는 어린 학생들도 '폴더' 아이콘에 파일을 모아두고 또 불러낼 수 있다는 것은 알고 있다. 그것은 약속이기 때문에 경험과 무관하다. 즉, 특정한 이미지와 의미가 연결되어 있을 뿐이다.

대중적으로 알려진 것에게 주어지는 특권

그렇다고 해도 왜 하필 이미 퇴보한 생산물이고 더 이상 생산하지도 않는 디스켓이 아이콘이 되었을까? 그 이유는 초기 저장 매체였기 때문에 가능했다. 적어도 1990년대 초반에는 디스켓을 한창 사용했고 소프트웨어도 디스켓에 담겨 유통

되었기 때문에 아이콘을 당연히 디스켓의 이미지로 사용했다. 그렇게 한번 적용되어 익숙한 이미지를 굳이 바꿀 필요가 없었으니 실물이 사라져도 아이콘으로 굳어진 것이다. 게다가 그 뒤에 새롭게 등장한 장치들의 형태가 강하게 남지 않았던 탓도 있다.

CD의 경우 데이터를 저장하고 음악을 들을 수 있는 매체니 그러한 의미가 상징적으로 담긴 아이콘을 사용할 법하다. 실제로 비슷한 형상의 아이콘을 시도한 적도 있었지만 엉뚱하게 도넛이라든가 타이어 따위를 떠올리게 할 뿐이었다. 디스켓이나 카세트테이프보다 분명하게 의미를 전달하지도 못했다. 음악을 재생하는 아이콘을 CD 모양으로 바꾸기 어려운 이유는 간단하다. CD가 문서나 소리, 영상까지 담는 매체라면 카세트테이프는 소리만을 저장할 수 있어 오해의 소지가 없기 때문이다.

어릴 때부터 CD만 접한 아이들은 음악과 관련된 아이콘의 구멍이 왜 한 개가 아니고 두 개인지 알지 못하더라도 반복 학습에 의해 그것이 소리를 듣는 아이콘임을 알고 있다. 이처럼 대중적으로 익히 알려진 것은 비록 다음 세대가 자세한 내막은 모를지라도 공통의 기호로 지속되는 특권이 있다.

기록 매체에 대한 미련

모니터에서 아이콘으로만 보던 디스켓, 카세트테이프를 만
져볼 기회가 있는데 바로 이사를 할 때다. 이때마다 이 물건
들을 버릴까 말까 고민하는 동시에 셰리 터클Sherry Turkle이
엮은 〈내 인생의 의미 있는 사물들Evocative objects〉의 자료 보
관소 이야기가 떠오른다.

그중 수잔 이Susan Yee라는 건축 전공자가 르 코르뷔지에Le
Corbusier*의 자료 보관소에서 설계도 원본을 봤을 때의 상황
을 기록한 내용이 있다. 돌돌 말린 도면을 큰 탁자 위에 펼쳐
놓고 그 주변을 맴돌면서 얼룩과 지문이 묻은 도면을 한참 보
고 있으니, 담당 큐레이터가 힘들게 도면을 직접 들여다보지
않아도 된다고 귀띔해주었다. 도면을 전부 디지털화시켜 데
이터베이스로 저장하고 있다는 것이다. 큐레이터의 말대로
르 코르뷔지에의 도면이 그의 컴퓨터에서 아이콘으로 떠 있
었고 클릭하면 확대해서 볼 수도 있었다. 하지만 필자는 디지
털 도면과는 아무런 교감을 할 수 없었고 건축가의 존재조차
느낄 수 없었다고 한다.

이후 뉴욕 현대 미술관에서 르 코르뷔지에의 도면을 직접
볼 기회가 생겼다. 수잔 이가 자료 보관소에서 했던 것처럼

*르 코르뷔지에
(1987~1965)
스위스 태생의 프랑스
건축가. 사보아 주택, 롱
상 성당 등 현대 건축의
대표적인 건물을 설계
했다.

도면을 만질 수 없었지만 어떤 느낌이었는지 짐작할 수는 있었다. 빛바랜 도면에서 지우고 고친 흔적, 깨알 같은 메모와 구겨진 부분을 보면서 르 코르뷔지에가 고민한 과정을 실감했다.

아마 내가 디스켓과 카세트테이프를 쉽게 버리지 못하는 이유도 손으로 만질 수 있는 기록 매체에 대한 미련 때문일 것이다. 물론 지금은 저장된 데이터나 소리를 들을 장치마저 갖고 있지 않지만 말이다.

반전을 끌어내는 이미지의 힘

처음 만났을 때의 설렘이 오래가기는 힘들다. 사물에 대한 감정도 다를 바 없다. 물론 시간이 지날수록 그 가치가 더해지는 특별한 사물도 있다. 하지만 그것은 사물에 대한 느낌이 발전되었다기보다는 사물을 바라보는 이의 생각이 성숙해지고 각별한 기억이 사물에 투영되었기 때문일 것이다. 예를 들면, 어떤 사람에게는 하루 지난 묵은 과자가 신선한 과자보다 더 의미 있을 수 있다. 주머니 사정이 넉넉지 못했던 아버지가 늘 하루 지난 싸게 파는 과자를 사왔고 그 맛에 익숙해진 것이다. 아버지의 죽음을 애도하면서 과자 가게를 찾은 그는 신선한 과자를 맛보고 몹시 낯설어서 불쾌할 정도였고 과자를 하루 묵힌 뒤에야 원하는 맛을 느낄 수 있었다고 한다.

이러한 경험은 누구에게나 있을 것 같다. 셰리 터클의 표현대로 '추억이라는 거대한 구조물'이 존재하기 때문은 아닐는지. 아무리 새로운 디자인이 등장해도 고전적인 것이 갖고 있는 강력한 이미지를 압도하기는 어려운 이유가 거기에 있다. 물리적으로 일상 공간에서 존재한 기간을 따져도 경쟁하기 힘들다. 새로운 디자인으로 대체되는 기간이 점점 더 짧아지는 가운데, 새 디자인보다 오래전에 사람들에게 사랑받았던 디자인의 존속 기간이 훨씬 더 길다. 디스켓의 경우 또한 마찬가지다. 디스켓을 대체하여 메모리 스틱이 나왔고 메모리 스틱과 같은 이동 저장 장치가 보편화되어 있다 해도 금방 또다른 저장 매체에 의해 대체될 것이다.

하지만 여러 단계의 퇴출이 진행된다 해도 디스켓은 당분간 아이콘으로 살아남을 것 같다. 이처럼 이미지는 반전을 끌어내는 힘이 있다.

"디스켓과 카세트테이프를 쉽게 버리지 못하는 이유도
손으로 만질 수 있는
기록 매체에 대한 미련 때문일 것이다."

●

도
시
의

인
력

————————

리 어 카 와   지 게

손수레, 짐을 부리는 오래된 이동 수단

손수레라고 하면 다양한 형태가 떠오르지만 '리어카rear car' 라고 불리는 한 유형이 가장 먼저 생각난다. 리어카는 자동차 나 자전거 뒤에 달아서 사용하는 수레라는 의미를 담아서 만 든 말이다. 사이드카side car가 오토바이 옆에 달린 차를 지칭 한 말이니 뒤에 달린 차를 말할 때는 리어카가 맞겠다. 하지 만 사이드카와 달리 리어카는 일본인들이 만들어낸 말일 뿐 영어권에는 없는 용어다. 공식 용어는 아니지만 우리나라와 일본에서 오랫동안 사용했기 때문에 위키백과에 누군가 설 명문을 올려놓았다.

"보통 쇠 파이프나 철근 등으로 골조를 만들고 바퀴를 단 다음 합 판으로 상자를 짜 넣는다. 위에 좌판을 깔면 노점에서 물건을 놓 고 팔다가 쉽게 옮길 수 있어 노점상에서 쓰이고, 그 위에 비를 막 을 수 있는 천막과 지붕을 덧대면 포장마차로도 쓸 수 있다. 대 한민국에서 쓰이는 리어카 크기는 길이 2미터, 폭 1.5미터, 높이 0.5미터 정도이며, 바퀴 크기는 26인치, 두께는 2.5인치이다."

언뜻 생각하면 자동차가 보급된 이후 사람의 힘으로 이동하는 것의 수요는 거의 없을 것 같은데, 아직도 사람이 직접 끄는 수레를 적지 않게 볼 수 있다. 수레는 가게를 얻을만한 형편이 안 되거나 차량에 물건을 싣고 다니면서 장사를 할 수 있는 여건이 안 되는 사람들에게 있어서 짐을 부릴 수 있는 유일한 수단이나 다름없다. 경제적인 이유뿐 아니라 좁은 골목을 요리조리 이동하는 데에 수레만큼 요긴하게 쓰이는 것도 없다.

정겨운 포장마차

포장마차라고 부르는 노점의 형태도 손수레가 기본이 된다. 지정된 공간에 키오스크kiosk* 형식으로 마련된 공식적인 매점도 있지만, 잠시 머무르며 판매하는 비공식적인 노점은 이동이 자유로워야 하기 때문에 손수레를 이용한다.

  손수레로 물건을 파는 것은 사람들이 많이 몰리는 거리에서 어렵지 않게 볼 수 있다. 때로는 손수레 노점상 덕택에 거리에 더욱 활력이 넘치기도 한다. 접근성이 쉬워 가던 길을 잠시 멈추고 구경할 수 있고 저렴하게 쇼핑도 할 수 있다. 퇴근길에 먹을 것을 파는 포장마차를 만나면 그렇게 반가울 수

*키오스크
본래 옥외에 설치된 대형 천막이나 현관을 뜻하는 말로 간이 판매대나 소형 매점을 가리킨다. 공공장소에 설치한 무인 단말기를 가리키기도 한다.

가 없다. 그렇지만 허가를 받지 않은 경우에는 다음을 기약할 수 없는 불안정한 인연이 된다. 노점상 단속이 '뜨면' 곧장 사라지기 때문이다.

트럭을 개조한 노점상, 다시 말해 자주성이 있는 것은 포장마차의 느낌과는 거리가 멀다. 트럭은 이곳저곳을 떠돌아다니는 뜨내기처럼 보이는 반면, 사람이 끄는 손수레를 이용한 포장마차는 이동하는 거리가 한정되어 있기 때문에 멀지 않은 이웃이나 동네 사람이라는 생각이 든다. 대낮에 대로변이나 길 한 켠에 방수포가 덮여 있는 손수레가 눈에 띄기도 하는데, 한때 종로의 피맛골 뒤편에서는 마치 주차장처럼 포장마차가 모여 있는 곳도 볼 수 있었다.

간혹 예술가나 건축가들이 포장마차를 활용하는 프로젝트를 진행한다. 2011년에 광주 디자인 비엔날레에서는 시내를 이동하는 포장마차 퍼포먼스가 펼쳐졌고, 2012년 쿤스트할레Kunsthalle 에서는 이른바 '실내 포차' 형식의 포장마차 프로젝트가 열리기도 했다. 다만, 이러한 프로젝트들은 포장마차를 흥밋거리로 흉내 냈을 뿐 현실의 포장마차에 관심을 둔 것이 아니기 때문에 손수레의 구조와 맥락과는 동떨어져 있다.

•**쿤스트할레**
독일의 쿤스트할레 개념을 적용하여 서울 논현동에 세워진 문화 공간. 베를린을 중심으로 활동하는 아트 그룹인 플래툰의 이름을 함께 사용하여 플래툰 쿤스트할레로 불린다.

지게, 전천후 이동 수단

손수레가 바퀴로 수평 이동을 하는 것이라면 사람의 다리로 이동하는 수단도 있다. 바퀴보다는 사람이 걸어서 이동하는 것이 훨씬 더 자유롭다. 바퀴는 빨리 이동할 수 있지만 계단이나 장애물을 맞닥뜨릴 때는 멈출 수밖에 없다. 로봇 개발이 인간의 모습을 닮은 휴머노이드humanoid를 지향하는 이유 중 하나도 다리가 갖는 장점, 즉 어디든 갈 수 있다는 것 때문이다. 그렇지만 현재까지는 로봇이 직립 보행하는 것이 대단히 어려운 관문인 것 같다. 발걸음을 뗄는 순간, 한 발로 전체 하중을 버티면서 중심을 잡아야 하기 때문에 기울기를 섬세하게 감지해야 한다.

무거운 짐을 지고 걷는 일은 보행의 난도가 더 높다. 이것은 다리뿐 아니라 등을 적절한 각도로 구부리면서 동시에 어깨로 좌우 중심까지 잡아야 한다. 예전에 지게를 처음 졌을 때 균형 잡는 데 무진 애를 먹었던 적이 있다. 산동네에서 자취 생활을 하던 시절이었다. 연탄을 나를 방법이 없어서 지게로 옮겼는데, 재개발 계획 지역이라 울퉁불퉁한 흙길이 방치되어 있었고 발을 조금만 잘못 디뎌도 지게가 한쪽으로 쏠려 연탄이 와르르 쏟아졌다.

• 휴머노이드
'외모가 인간처럼 생겼다'라는 뜻. 인간을 닮은 로봇을 일컫는 말로 사용하지만 기타 정체불명의 어떤 것이든 겉모습이 사람처럼 두 팔, 두 다리가 있으면 '휴머노이드' 타입이라고 할 수 있다.

온몸이 전후좌우로 흔들리는 와중에도 앞으로 숙인 등에 짐이 별 탈 없이 붙어 있도록 하기 위해서는 몸의 리듬에 맞춰 지게를 부리는 감각이 중요하다. 오래전 방물장수들이 지게에 물건을 싣고 오직 자신의 등과 다리로만 이동했던 것을 생각하면 대단한 일이 아닐 수 없다.

동대문의 지게꾼

서울 사대문 안에서는 지금도 지게를 볼 수 있다. 특히나 번잡한 동대문 시장에서 지게만큼 요긴한 이동 기구도 없을 것이다. 물건을 나르는 장치나 수단이 그토록 많이 개발되었음에도 불구하고 아직도 지게라니. 더구나 동대문 지역은 오래전부터 패션 명소였고 스타 건축가가 설계하여 최첨단 공법으로 지은 건물도 들어선 곳이 아닌가. 가장 부지런히, 가장 빠르게 신상품이 쏟아져 나오는 곳에 사람이 직접 지고 나르는 고전적인 도구가 활용된다는 것은 역설적이다. 동대문 의류 상가에서 사용되는 지게는 19세기에 사용되던 지게와는 조금 다른 모양새이기는 하지만 기본적인 구조는 예나 지금이나 다를 바 없다. SUV 차량이 빼곡히 주차된 곳 주변에 지게가 늘어선 모습은 묘한 대조를 이룬다.

자동차가 들어갈 수 없는 좁은 길은 오토바이가 대신하고 그것도 어려운 곳은 카트가 이용되는데 그것으로도 해결되지 않는 경우가 있다. 높은 층으로 이동하는 것이다. 엘리베이터를 이용하면 되겠지만 그리 만만하지 않다. 북적거리는 사람들 틈에서 엘리베이터를 기다려야 하고 복잡한 통로를 지나가려 해도 사람들과 부딪히기 십상이다. 이보다는 지게꾼이 계단을 오르내리는 것이 훨씬 빠르다. 사정이 이렇다보니 지게의 사용을 그만둘 수가 없는 것이다.

외국인의 시선에 비친 지게

이렇게 뛰어난 지게가 외국인의 시선에는 어떻게 비쳤을까? 옛날 선교사들이 찍은 흑백 사진에서 지게꾼의 모습을 간간이 찾아볼 수 있다. 깡마른 체구와 대조적으로 커다란 지게에 짐을 잔뜩 실은 이미지가 대부분이다. 그러한 불균형한 모습이 외국인의 눈길을 끈 한 이유였겠지만 지게가 주목을 끈 것은 6·25 전쟁 때였다. 유난히 산이 많은 지형 때문에 고지를 탈환하려는 전투가 잦았고, 차량을 이용하기 힘든 험한 비탈에서는 어지간한 군수 물자를 짊어서 옮겨야 했다. 김광언 교수의 〈지게 연구〉에는 포탄을 운반할 때 지게가 사용되었다고 쓰여 있다. 또 외국 군인들 사이에서 지게는 'A자 틀A frame'이라 불렸으며, 지게의 뛰어난 기능은 외국 군인들의 감탄을 자아냈다는 이야기가 실려 있다.

지게의 진화에 전문가들이 개입했을 것 같지는 않다. 오히려 지게꾼들의 경험이 쌓여서 그때그때 필요에 따라 지게가 개량되었을 것이다. 1970년대 산업디자이너들에 의해 물건을 나르는 장치가 그토록 많이 개발되었건만, 그 틈을 비집고 수백 년 전부터 사용되어온 한낱 농기구가 여태 쓰인다.

요즘은 알루미늄으로 만든 지게가 판매되고 있는데 이것은 본래 지게의 느낌과 거리가 멀다. 알루미늄 틀에 배낭끈을 부착한 모양새가 그저 물건을 옮기는 기능에만 충실한 상품으로 보이기 때문이다. 전통적인 지게는 노동 기구이지만 지겟작대기와 짝을 이루어 여러 용도로 사용되었다고 한다. 강원도에서는 지게 놀이가 전해내려올 정도다.

힘든 삶, 불안한 노동

손수레와 지게는 오늘날의 일상에서도 잘 활용되고 있는 사물이다. 그럼에도 힘든 삶을 반영하는 모습으로 남아 있고 늘 불안한 노동을 떠올리게 한다. 폐지를 잔뜩 실은 손수레나 길 한쪽에 자리 잡은 포장마차만 보더라도 연민의 감정부터 생기는 것은 어쩔 수 없다. 또 차량과 인파로 뒤엉킨 복잡한 거리를 지나는 지게꾼을 보면 과거와 현재가 공존하는 듯한 느낌이 들기도 한다.

지게꾼들 없이 운반의 효율을 꾀하려면 어떻게 해야 할까? 아마도 새롭게 공간을 재정비하여 특별한 운반 장치가 개발된다면 훨씬 더 효율적으로 이동할 수 있을 것이다. 또 동대문의 상권이 위축된다면 이처럼 빨리 운반해야 할 일이 없게 된다. 하지만 시장에서는 설비 투자를 할 필요가 없고 그 탓에 경기가 나빠져도 시설 투자로 인한 손해가 없다. 그러니 지게꾼 입장에서는 몹시 불안정한 직업이지만, 새로운 운반 장치의 개발이 실현되기 전까지는 지게꾼의 도움이 필요하다.

간혹 해외 관광 지구에서 옛날 운반 방식을 고수하는 경우가 있다. 네덜란드의 작은 도시 알크마르에서는 2인 1조로 나무 들것에 치즈를 옮기는 퍼포먼스를 한다. 이는 오래된 운반 방식을 관광객들을 위한 일종의 흥미로운 콘텐츠로 인식한 것이다. 그래서 이제는 유니폼이 되어버린 전통 복장을 하고 시범을 보이기도 한다. 과연 지게도 그리 될 수 있을까? 장담할 수는 없으나 동대문의 지게꾼은 관광과 연결되기 어려울 것 같다. 지게는 낭만적인 문화의 아이콘이라거나 보존할 만한 것으로 인식되기보다는 시장 상인의 실질적인 필요에 의해서 하나의 직업으로 존재하기 때문이다. 손수레 역시 특정한 장소에서 허가를 받고 영업을 하는 노점이나 폐지 수거의 수단으로 남아 있다. 말하자면 지게와 손수레는 도시의 소비 공간 이면에 드리워진 그림자처럼 불안한 노동이 존재하고 있다는 사실을 일깨워주는 역할을 하고 있는 것이다.

사물 이야기

둘

동물을 닮은 것에 대한

고. 찰.

●

멈
추
기 위
한 편
자
_____

말   발   굽

저절로 닫히는 문

아침에 일어나면 으레 창문부터 연다. 지난밤 답답해졌을 실내를 환기하려 한동안 현관문도 활짝 열어둔다. 사무실에 출근해도 마찬가지다. 그런데 요즘은 현관문을 열기는 쉬워졌어도 잠깐이라도 열려 있는 상태로 두는 게 쉽지 않다. 오래된 집에 딸린 문이 아닌 다음에야 대부분의 현관문은 열어놓은 그대로 있지를 않는다. 이는 어느 때부터인가 문이 자동으로 닫히도록 바뀌어진 탓이다. 현관문에 '도어체크door check'라고 하는 장치를 달아 문짝과 문틀을 연결시켜놓아 손만 떼면 문이 재까닥 닫힌다. 예전에는 문을 꼭꼭 닫고 다니지 않으면 꼬리가 길다는 핀잔을 받았고, 어디 드나들 때마다 문 닫고 들어오라거나 '문 열어둘까요'라는 이야기를 하고는 했는데 이제는 그럴 필요가 없어졌다.

> **•도어체크**
> 문이 자동으로 천천히
> 닫히게 하는 장치

　그래도 현관문을 열어두고 싶을 때가 있다. 적어도 청소할 때는 모든 문이란 문은 활짝 열어놓고 해야 제맛이니 말이다. 도어체크가 보편화된 요즘 현관문을 열어놓고 싶을 때 자동적으로 닫히는 것을 막기 위해서 작은 장치를 부착하기 시작했다. 문짝 아래에 부착하는 이 장치를 흔히 '도어스톱door stop'이라고 하고 우리말로는 '말발굽'이라 부른다.

말발굽이라니?

분명히 현관문을 멈추는 장치인데 말발굽이라니! 더군다나 '말발굽'이라는 명칭은 문짝에 달린 것을 부를 때 외에도 사용되는 경우가 종종 있다. 옷장, 책장 등 수납 가구의 높낮이를 조절하는 받침 부분이나 회전의자에서 바닥에 닿는 글라이드glide도 간간이 '말발굽'이라고 한다. 원래 회전의자는 바퀴(캐스터caster)를 달아서 움직이기 쉽게 하는 것이 장점이지만, 회의실에서 사용하거나 편히 쉴 때는 이리저리 굴러다니는 것이 산만해 보이고 때로는 불편하기까지 하다. 그래서 이경우에 바퀴가 움직이지 않도록 바퀴 대신 '말발굽'이라는 것을 부착한다. 이러한 점에서 말발굽이 하는 역할은 그것을 붙인 물건이 바닥에 딱 붙어서 여간해서는 움직이지 않도록 하는 것임을 짐작할 수 있다.

한편 '말발굽' 하면 자연스럽게 말이 연상되는데, 왜 하필이면 문을 고정시키는 장치를 '말'과 연관짓게 되었을까? 그 이유는 아마도 말발굽이 말의 다리처럼 곡선으로 굽어 있고 그 끝은 편자를 박은 듯한 구조로 되어 있기 때문일 것이다. 바닥과의 마찰력을 높이기 위해 말발굽에 고무 패킹을 사용하는데 이것이 실제 말발굽에 박는 편자와 꼭 닮았다. 게다가

뒷다리를 걷어차는 것처럼 들어 올렸다 내렸다 하는 움직임
역시 말을 떠올리게 한다.

말하자면 비공식 사물

이런저런 이유로 꿰어 맞춰보면 도어스톱은 그럴듯한 이름
의 물건이기는 하지만 아무리 그래도 문짝과는 잘 어울리지
않는 것 같다. 동銅이나 알루미늄 소재의 질감을 그대로 살린
것도 있고 은빛으로 도금을 한 것도 있는데 거의 대부분이 현
관문의 색이나 패턴과는 전혀 맞지 않다. 이것은 단순히 사
적인 취향에 따른 판단만은 아니다. 애초에 도어스톱은 현관
문에 딸려 있거나 문과 함께 디자인된 것이 아니다. 금속판으
로 제작된 방화문의 경우에는 법적으로 허용되지 않는 사물
이기도 해서 공동 주택이 완공된 뒤에 개별적으로 부착하고
는 한다. 말하자면 비공식적인 사물인 셈이다.

　소방법에는 '방화문에 고임 장치(도어스톱) 등을 설치 또는
자동 폐쇄 장치를 제거하여 그 기능을 저해하는 행위'를 피난
및 방화 시설 등의 훼손 행위로 간주하고 있고 50만 원에서
200만 원까지 벌금이 부과될 수 있다. 그러므로 새 아파트에

입주했는데 문에 도어스톱이 달려 있지 않다고 해서 불편해할 일이 아니다. 오히려 건설 회사가 일괄적으로 도어스톱을 달아준다면 법을 어기게 되는 것이다. 물론 방화문은 늘 닫혀 있어야 마땅하지만 일상생활에서 문을 마냥 닫아둘 수만은 없다. 게다가 창 하나 없는 현관문이 닫혀 있는 것을 보고 있노라면 여간 답답한 것이 아니다. 시각적인 이유를 차치하고서라도 환기를 위해 현관문을 열어놓거나 손님이 나설 때 긴 배웅을 하느라 열어놓기도 하는데, 현관문은 한번 닫히면 자동으로 잠기기 때문에 매우 번거롭다. 하지만 현관문을 활짝 열어놓지 않고서는 딱히 고정할 방법이 없다.

도어스톱은 이와 같은 애로 사항을 극복시켜주기에 불법을 감행할 만큼 요긴한 물건이지만 이 도어스톱 때문에 불편한 경우도 간혹 있다. 현관문을 고정시킬 때는 발로 내리면 되지만 다시 문을 닫으려 할 때는 발등으로 장치를 들어 올려야 하기 때문에 구두를 신고 도어스톱을 들어 올리면 발등 부분의 가죽이 긁히기 십상이다. 구두는 본의 아니게 도어스톱과 적대적 관계인 것이다. 이러한 불편을 덜기 위해 페달을 덧대어 한 번 더 밟으면 장치가 들리도록 한 방식의 모델도 생겼다.

말발굽을 대신하는 장치들

현관문을 열어둘 때 사용하는 것으로 이러한 말발굽 모양의 장치만 있는 것은 아니다. 벽이나 바닥에 삽입된 철물로 문을 잡아주는 스토퍼stopper도 있다. 이것은 문이 열리면서 손잡이가 벽에 부딪히는 것을 막는 게 주요 용도이고, 문을 고정시키더라도 완전히 열 경우에나 사용할 수 있다. 따라서 필요한 만큼만 문을 열고 싶을 때는 문에 부착된 말발굽 모양의 도어스톱이 필요하다.

말발굽 대신 쐐기를 사용하기도 한다. 특히 여닫는 유리문은 멈춤 장치를 달기가 마땅치 않기 때문에 나무 쐐기를 바닥면과 유리문 사이에 괴어두곤 한다. 이와 같이 멈춤 장치를 달 수 없는 문 주변에는 나무든, 골판지든 쐐기 역할을 할만한 조각이 굴러다니는 것을 곧잘 발견하게 된다. 언젠가 소화기가 그 역할을 하고 있는 것을 본 적도 있다. 지하철과 연결된 지하상가 입구였는데 더운 날씨에 냉방이 제대로 되지 않았던 모양이다. 그래서 문을 열어두느라 소화기를 말발굽 대신 임시방편으로 사용했던 것 같다. 소화기라는 게 불이 나지 않는 평상시에야 쓸 일이 별로 없으니 이처럼 묵직한 무게로 문이 닫히지 않도록 버티는 역할을 해내기도 한다.

변칙적인 무언가의 도움을 받기 전에는 문은 늘 닫혀 있다. 뭔가로 버티게끔 해야 할 만큼 문을 열어두는 것이 자연스럽지 않다는 말이다. 생각해보면 원래부터 사람들이 문을 꼭꼭 닫고 살지는 않았다. 여름이면 문을 활짝 열어놓았고 옆집 사람이 지나가면 인사도 했다. 이것은 마당이 훤히 보이도록 문을 열어놓던 시절의 이야기만은 아니다. 아파트에 많은 사람들이 살기 시작한 다음에도 다를 바가 없었다. 날이 춥지 않다면 먹을 것을 차려놓고서 이웃들을 불러 모으는 것이 예사였다. 현관문이 열린 집의 거실이 마치 마당처럼 사용되었던 것이다. 물론 그게 불편한 적도 있었다. 문밖에 나섰다가 뭔가를 놓고 오는 바람에 다시 집에 들렀다 나오는 것을 옆집 사람이 봤을 때 말은 안 해도 정신없는 사람이라고 할 것만 같았다.

아무나 드나들 수 없도록 아파트 현관부터 차단 장치를 하여 사생활이 보장된 주거 공간으로 바뀐 뒤로 다른 집 거실을 들여다볼 일은 없어졌다. 더구나 이웃의 시선을 의식할 필요도 없게 되었다. 그렇지만 견고하게 닫힌 문들이 늘어선 아파트 복도는 예전과 비할 수 없을 정도로 삭막해졌다.

무연 사회에서 문의 의미

현대 사회에서는 자신에게 피해가 가지 않는 한 옆집에 무슨 일이 있는지 관심을 두지 않게 되었고, 이는 사생활 보호 차원에서 일종의 미덕처럼 여겨졌다. 하지만 언제부터인가 이러한 냉담함을 질책하는 목소리가 나오기 시작하더니 예전에는 들어보지도 못한 '고독사'라는 것이 사회 문제로 언급되기에 이르렀다. 이렇게 되기까지에는 방화문의 안전 문제만 중요하게 여겨서 너무 오랫동안 문을 닫아둔 탓이 일정 부분 작용한 것은 아닌가 하는 생각이 든다. 드나들 때만 문이 열리는 장치가 이른바 '무연無緣 사회'를 정착시킨 요인은 아닐까.

혼자 살다가 혼자 죽는 것을 표현한 '무연 사회'는 일본 NHK가 2010년에 특집으로 다룬 주제다. 방송 내용을 옮긴 동명의 책 《무연 사회》를 읽어보면 이 현상은 사람들이 단지 이웃의 사정에 무관심하기 때문에 발생한 게 아니었다. 죽은 사람의 가족이 시신 인수를 거부할 만큼 혈육끼리도 서로 무심하게 살고 있었다. 책에서는 점점 멀어져가는 가족의 인연을 확인하는 여러 사례를 소개했다. 가족을 떠나서 홀로 사는 사람 역시 자신의 가족에게 아무런 기대를 갖지 않았다. 그들

대부분은 '짐'이 되고 싶지 않다는 말을 했다. 하지만 취재팀은 원래 '관계'나 '인연'이라는 것은 서로가 서로에게 짐이 되더라도 그것을 이해해줘야 하는 것이 아닌가 하고 반문했다. 혼자 죽어간 그들의 집에 꼭 닫힌 문은 삶의 짐을 홀로 지려는 그들의 심리를 닮아 있었다.

우리나라에서도 비슷한 소식을 자주 접할 수 있다. 독거노인이 120만 명에 육박하고 한 해에 450명이나 고독사로 숨지게 되자 몇 달 동안 방치된 시신을 거두는 전문 업체가 생겨났을 정도다. 이러한 우울한 현실은 이웃집 문들이 활짝 열려 있었던 시절이 불편하기는 했어도 얼마나 소중했는지를 일깨워준다. 지금은 안전 문제뿐만 아니라 범죄에 노출될 수도 있기 때문에 옛날처럼 문을 열어둘 수 없다. 말발굽으로 문을 반쯤 열어놓고 살 날이 다시 올 수 있을까.

"말발굽은 말의 다리처럼 곡선으로 굽어 있고
그 끝은 편자를 박은 듯한 구조로 되어 있다."

●

마
우
스
의

탄
생

볼 마 우 스

쥐를 흉내 내다

아래아 한글 2.0에는 '마우스 흉내 내기'라는 명령어가 있었다. 마우스처럼 작동한다는 뜻인데 굳이 번역하자면 '쥐'를 따라 해보라는 것이니 참 우습고도 귀여운 표현이었다. 이는 윈도 운영 체제로 넘어가기 전인 도스DOS 환경에서 어떻게든 마우스를 사용할 수 있도록 하려는 과도기적 노력이었을 것이다. 도스 환경에서 컴퓨터를 사용하면 모든 것이 키보드로 해결되었기에 간간이 마우스를 쥘 일이 있을 때마다 신통하게 여겼다.

생각해보면 동물 이름을 딴 사물 중에서 마우스만큼 대중적인 것도 없다. 마우스는 쥐를 뜻하지만 마우스와 쥐를 연결시켜 생각하면 그리 유쾌하지는 않다. 오래전에는 '쥐를 잡자'라는 명찰을 달고 다녀야 했고 쥐덫, 쥐약을 놓던 기억도 있다. 1970년대를 거친 이들이라면 쥐라는 것은 온갖 방법을 동원해 박멸시켜야 할 대상에 지나지 않는다. 디즈니 애니메이션 영화 '겨울 왕국Frozen'의 오프닝 단편으로 미키 마우스가 등장했을 때 별다른 감흥을 느낄 수 없었던 이유는 끽해야 미키 마우스도 미화된 쥐에 불과하다는 생각이 무의식중에 작용한 탓이 컸던 것 같다. 디즈니 스튜디오의 첫 애니메이션을 기념하기 위해 특별히 제작한 것이라고는 하지만 따지고 보면 귀여운 쥐 그 이상도, 이하도 아니다.

그런데 '마우스'는 다르다. 마우스 없이는 컴퓨터를 켤 엄두가 나지 않는다. 몇 가지 단축키를 기억하고 있지만 컴퓨터를 제대로 작동시키기에는 역부족이다. 노트북이라고 해서 다르지 않다. 터치 패드가 마우스를 대신한다고는 하지만 여전히 마우스를 챙기지 않으면 불안하다. 그래서 날렵한 파우치에 노트북을 넣어도 결국에는 주머니 한쪽에 불룩하게 마우스를 챙기게 된다.

마우스의 발명

2013년 여름, 더글러스 엥겔바트Douglas Engelbart라는 사람의 부고 소식을 접했다. 지인들 중에서 몇몇이 그 소식을 SNS로 일시에 알리고 있었다. 컴퓨터 그래픽이나 프로그래밍을 하는 사람이라면 그의 이름을 모를 리가 없었다. 왜냐하면 그는 마우스를 발명한 장본인이니까.

예전에는 수학 계산식으로 면적을 구할 때 책상 위에서 한 방향으로만 굴러가는 도구로 거리를 측정하고는 했다. 작은 바퀴로 책상 위를 굴러가면서 좌표를 읽어내는 것이다. 어느 날 회의 도중 지루해진 엥겔바트는 공책에 뭔가를 끼적이다가 바퀴가 하나라서 한 방향으로만 굴러가던 도구를 보완할 아이디어를 떠올리게 되었다. 두 개의 바퀴가 서로 다른 방향으로 굴러간다면 더 원활하게 움직이지 않을까 생각하고 메모해두었던 것이다. 그 후 몇 년이 흘러 컴퓨터 스크린에서 특정한 위치를 표시하기 위한 도구가 필요하게 되었고 마침 공책에 메모한 내용을 떠올렸다. 조이 스틱이나 전자펜과 같은 방식도 실험해봤으나 결국 오늘날의 마우스 유형이 가장 적절한 것으로 판명되었다. 과거에 메모한 것을 기초로 새로운 포인팅 디바이스pointing device를 발명해낸 것이다.

마우스를 발명한 장본인인 더글러스 엥겔바트 자신도 누가 '마우스'라는 명칭을 붙였는지는 기억하지 못했다. 1963년부터 제작되기 시작한 모형은 나무로 만든 상자 위에 포인트를 찍을 버튼이 하나 있었고 선이 연결되어 있었다. 누가 봐도 영락없는 쥐 모양이었다. 버튼을 집게손가락으로 누르도록 만들어졌기 때문에 버튼은 사각형 상자 왼쪽 구석에 달려 있었다. 그래서 연구실에서 누군가 "귀 하나 달린 쥐같이 생겼어!"라고 말했고 이내 마우스라고 불리게 되었다.

나중에 빌 잉글리시Bill English라는 사람이 바퀴 대신에 볼을 달아서 오늘날 일반적으로 알려진 마우스의 모양을 갖추게 되었다.

마우스에도 동물 상징이 적용될까?

신화적 상징 연구로 유명한 프랑스의 철학자 질베르 뒤랑Gilbert Durand에 따르면 동물 상징은 극히 모호한 부분이 있다. 너무 흔해서 별다른 근거 없이 긍정적 혹은 부정적 가치를 전달하기 때문이다. 아이들은 어릴 때부터 동화책을 통해 동물의 이미지를 친숙하게 접해서인지는 몰라도 아이들의 꿈에 동물이 자주 등장하는 것으로 알려져 있는데, 정작 어린아이들이 꿈속에서 보는 동물은 실제로 본 적이 없는 가상의 이미지다. 그러니 책이나 애니메이션에서 특정한 속성을 가진 캐릭터로 인식되는 것이다. 뒤랑은 〈상상계의 인류학적 구조들Les structures anthropologiques de l'imaginaire〉에서 경험에 의한 인식보다는 동물의 원형에 대한 자발적 추상을 강조하고 있다. 그래서 동물화animalisation의 원초적인 보기로 '북적거림fourmillement'을 예로 들었다. 그중에서도 쥐에 대한 원초적인 이미지는 재빠른 움직임에 대한 혐오감이다.

그런데 마우스의 경우는 성장기의 학습 과정이나 경험 또는 동물적 원형을 재현하는 방식, 상상력이 투영되는 형식과는 큰 관련이 없는 것 같다. 사실 아무런 전제 없이 마우스라고 부르면 사람들은 '쥐'를 떠올리기보다는 오히려 컴퓨터의 입력 도구를 떠올린다. 더구나 마우스 발명 초기에 존재했던 꼬리가 자취를 감춘 지 오래되었다. 굴러가는 볼도 사라지고 무선 광마우스가 그 자리를 차지했다. 엥겔바트가 마우스를 개발하던 당시에도 쥐를 연관지을 의도는 전혀 없었던 것 같다. 오늘날 사람들에게도 마우스란 그저 컴퓨터를 사용하기 위한 수단일 뿐이고 별다른 의미 부여 없이 그저 손에 덥석 쥐는 것이다.

내 손안의 쥐

한때 디자이너들이 마우스를 디자인할 때면 쥐를 연상시키는 이미지 연출을 하고는 했다. 새로운 마우스를 디자인하는 과정에서 만든 모형을 늘어놓으면 하얀 쥐 한 무리가 모여 있는 것 같은 느낌을 주었다. 엄밀히 말해서 꼭 '쥐' 무리를 구체적으로 보여주려고 의도한 것 같지는 않고 어떤 생명체 무리 정도로 이해할만한 이미지들이었다.

사실 너무 직접적으로 특정 생명체를 떠올리게 사물의 형태를 디자인하는 것은 세련되지 못한 방법이다. 금방 식상해지기 때문이다. 그보다는 부분적으로 닮은꼴이라서 비슷하다는 생각이 들 정도의 추상적인 형태가 더 매력적이다. 하지만 이러한 타협점을 찾는다는 것이 쉽지 않다. 직설적인 표현으로 닮게 하면 식상해지고, 추상적이고 간결한 형태를 지녀서 눈치채기 어려우면 보는 이에게 아무런 특징을 부여하지 못하니 소용없는 것이다.

게다가 쥐를 노골적으로 묘사하기에는 쥐가 가진 부정적인 인식이 너무 크고 심하면 혐오감을 줄 수도 있다. 마우스를 쓸 때마다 쥐를 손에 거머쥔다는 느낌을 갖게 된다면 난감한 일이 아닌가. 뽀송뽀송한 털의 느낌을 살린 짙은 회색 주머니를 바닥 어딘가에 두기만 해도 기겁할 사람이 많을 텐데 하물며 손으로 잡고 휘젓는 물건을 그렇게 만들 리는 만무하다. 마우스에서 은유적인 부분은 사실 물리적인 형태에만 있는 것은 아니다. 뒤랑이 언급한 '재빠른 움직임', 즉 쉬지 않고 일하는 것 그 자체다.

마우스 노동자

한번은 마우스가 작동하지 않아서 이상하게 생각하며 손을 보니 자기 손에 마우스 대신 휴대폰이 쥐어져 있었다는 지인의 이야기를 들었다. 그 정도까지는 아니어도 손에 쥐기에 적당한 물건이 책상 위에 여럿 있다보니 손이 잘못 닿은 적이 가끔 있었다. 이는 뭐든 잡고 재빨리 흔드는 습관이 디자이너들에게 배어 있기 때문인 것 같다.

무선이든, 유선이든 마우스는 하루 중 가장 오랫동안 손에 쥐고 있는 물건 중 하나가 되었다. 특히 컴퓨터 업무가 과중한 사무원이나 디자이너는 손가락의 관절이 아플 만큼 마우스를 눌렀다 뗐다 한다. 예전에는 키보드를 두드리는 손목에만 무리가 가는 것으로 생각했는데 언제부터인가 마우스를 다루는 쪽 손의 손목과 손가락마저 문제가 되기 시작했다. 실제로 디자이너들 중에는 손목과 집게손가락에 보호대를 착용하고 컴퓨터 앞에 앉아 있는 경우가 종종 있다. 물론 이보다 한 수 위는 컴퓨터 게임을 하는 사람들이다. 먹는 시간을 제외한 나머지 모든 시간을 게임에 매달리면 마우스가 땀으로 뒤범벅되기 일쑤다. 그래서 볼마우스를 사용하던 시절에는 볼에 먼지 때가 잔뜩 껴서 결국 볼이 빠져나갈 정도였다고 한다.

아무튼 마우스는 직관적인 인터페이스로 화면에서 원하는 명령을 곧장 실행하도록 돕는 장치로 개발되었다. 컴퓨터의 반응 속도가 빨라진 만큼 사람들의 움직임도 더 급해졌다. 어떤 이는 마우스의 클릭이 뇌에서 반응하는 속도보다 먼저 시작된다고 한다. 정말 그렇게 순서가 뒤바뀐 것이라면 정보를 인식하고 판단하여 마우스를 움직이는 것이 아니라 마우스가 먼저 움직여 확인하는 꼴이고 사람의 몸이 마우스, 즉 쥐의 재빠름을 익히게 된 것일 수도 있겠다. 순서야 어찌되었든 재빠른 움직임이나 노동의 속도만을 생각하더라도 마우스는 놀라운 도구다. 수십 년간 사람들의 손가락을(어쩌면 뇌까지도) 길들여 보호대를 착용하고서라도 기어코 마우스를 잡게 만드니 말이다.

"더글러스 엥겔바트는 과거의 메모를 바탕으로
마우스라는 새로운 포인팅 디바이스를 발명했다."

●

넘어지지 않는 의족

──────────

까   치   발

버티는 자세

무언가를 보려고 하는데 앞사람에 가려서 잘 보이지 않을 때 발뒤꿈치를 들게 되는데 이때 '까치발'이라는 표현을 쓴다. 발뒤꿈치를 들고 조심조심 걸을 때도 마찬가지다. 그러고 보면 사람이 발끝으로만 버티는 모습이 까치가 걷는 모습과 닮은 것도 같다.

'까치발'은 특정한 사물을 지칭하기도 한다. 예컨대 선반을 달 때 수평을 유지하도록 버팀대를 경사지게 대는 부분이 까치발이다. 우리말 사전에는 다음과 같이 까치발의 뜻을 풀어 놓았다.

"널빤지를 버티어 받치기 위하여 수직면에 대는 직각 삼각형 모양의 나무나 쇠. 빗변이 널빤지에서 누르는 힘을 받도록 되어 있다."

선반을 받치는 것이라면 발로 버틴다고 하기보다는 팔로 버틴다고 봐야 할 것 같다. 실제로 벽에서 면이 튀어나온 것은 흔히 캔틸레버cantilever, 즉 '외팔보'라고 부르는 구조다. 이것은 판재나 각재의 한쪽이 단단하게 고정되어 있는 상태에서 수평을 유지한 채 반대쪽이 공중에 떠 있는 경우를 일컫는다. 이탈리아의 철학자이자 천문학자인 갈릴레오 갈릴레이Galileo Galilei는 400년 전에 벌써 외팔보의 역학을 생각해냈다고 한다. 그는 벽에서 튀어나온 막대의 끝에 돌덩이를 매단 그림을 그려놓고 그 끝에 중력이 가해진다는 것을 설명하고자 했다. 그리고 막대의 끝부분에 돌덩이를 매달고 돌덩이가 무거울수록 벽면의 균열이 더 심해진다는 것도 알아냈다.

그런데 손에 막대기를 쥐고 있는 것만으로도 알아차릴 법한 내용을 왜 굳이 복잡한 그림으로 그려서 설명하려 했을까? 특별한 도구 없이 그냥 팔을 앞으로 쭉 뻗어도 금세 하중을 느낄 수 있는데 말이다. 아이가 아빠의 팔뚝에 매달린 상황을 가정해보자. 아빠는 팔의 힘이 빠지기 시작하면 아이가 매달린 팔의 반대 방향으로 몸을 기울여서 버티게 된다. 이것이 버티는 자세인 것이다. 어쨌든 갈릴레오의 실험은 구조의 원리를 공학적으로 설명하려는 중요한 시도였음이 분명하다.

외팔보 구조는 미학적으로도 의미가 깊다. 현관의 지붕이 아무런 기둥 없이 길게 뻗어나온 주택의 포치porch도 일종의 외팔보 구조로서 보는 이로 하여금 시원한 느낌을 갖게 한다. 이렇게 외팔보 구조일 때는 팽팽한 긴장감을 주지만 현관 지붕의 모퉁이에 기둥을 세우고 받치면 맥이 좀 풀리는 듯하다.

수영장의 다이빙대처럼 역동적인 느낌이 나지를 않는 것이다. 사실 까치발도 버팀대가 두드러지면 좀 더 안정적이기는 하지만 시원함이나 긴장감은 약해진다.

넘어지지 않게

까치발이라는 표현은 선반뿐 아니라 구조물의 아래 부분을 가리킬 때도 사용한다. 넓은 실내 공간을 작은 공간으로 나누기 위해서 흔히 파티션을 사용하는데, 파티션은 판재를 세운 형식이기 때문에 제 스스로 서 있지 못한다. 따라서 일정한 크기의 파티션 몇 장을 연결하려면 서로 다른 각도로 연결해야 한다. 즉, 위에서 내려다볼 때 'ㄱ'자 모양이 되도록 90도로 연결해서 넘어지지 않게 설치해야 하는 것이다.

파티션이 단독으로 서 있어야 할 경우에는 넓은 면의 앞뒤로 버팀이 되는 보조물을 아래쪽에 설치한다. 이처럼 '자립형' 파티션은 안정적인 구조를 가져야 하기 때문에 아래쪽의 구조물이 튀어나올 수밖에 없고, 원래의 구조물에 덧댄 것이라서 자연스럽지 않은 형태가 된다. 선반의 까치발을 거꾸로 달아놓은 형태라서 아무리 넘어지지 않고 버틸 수 있는 최소한의 크기로 제작한다 해도 눈에 거슬리는 것이 사실이다. 뿐만 아니라 파티션 옆을 지나는 사람의 발에 걸리기 십상이다.

이러한 고민은 대형 텔레비전에서도 나타난다. 언제부터인가 텔레비전이 파티션과 닮기 시작한 것이다. 얇은 평면 텔레비전이 처음 출시되었을 때 브라운관 텔레비전보다 훨씬 더 적은 공간을 차지한다는 장점이 부각되었다. 하지만 실제로는 그다지 큰 차이가 없었고 얇아질수록 더 적은 공간을 차지할 것이라는 생각은 들어맞지 않았다. 오히려 디스플레이 패널을 크게 만드는 기술이 발전해서 거실에서 차지하는 면적만 더 커졌다. 벽에 걸기에는 크기나 무게가 부담스러워졌기에 결국에는 받침대가 관건이 되었다. 즉, 패널의 크기가 클수록 받침대의 크기도 커져야 했고, 패널 자체는 얇아졌는데 받침대는 점점 더 커지는 묘한 변수 관계가 생긴 것이다.

텔레비전을 벽에 걸지 않으려면 바닥에 세워놓아야 하는데 이 경우 패널의 앞뒤로 일정한 공간을 차지할 수밖에 없다. 최근에 대형 HD 텔레비전은 아예 이젤을 펼친 듯한 구조를 갖게 되었다.

중력을 거슬러

얇은 사물은 결국 쓰러지게 되어 있으니 어떻게든 폼 나게 세우는 방법을 찾아야 한다. 고르지 않은 바닥에도 유연하게 적응해야 한다. 최신 기술로 무장된 신형 HD 텔레비전이라고 해도 다시 외톨이 파티션의 고민으로 돌아오고 까치발이 해결책이 된다. 까치발은 물리적인 공간에서 사물이 존재하기 위한 방법 중 하나다. 무게를 지탱하고 수평을 유지하는 것인데 결국은 중력에 저항하는 것이다.

중력에 저항하는 대표적인 상징물로 식물을 손꼽는다. 중력이 작용하는 반대편으로 줄기차게 자라 오르기 때문이다. 식물처럼 뿌리를 내린다면 수직으로 높이 올라갈 수 있고 심지어는 비탈진 곳에서도 쓰러지지 않고 서 있을 수 있다. 인공물 중에서 가로등이나 벤치처럼 바닥에 고정시킨 것은 아랫부분이 넓지 않아도 버틸 수 있다. 하지만 자립형의 경우는 다르다. 바닥이든, 벽이든 의지할 데가 없어서 오로지 중력에만 의존해야 하며, 넘어지지만 않는다면 무거울수록 안정적이다.

크게 보면 이렇게 중력에 저항하는 구조는 거대한 구조물을 만들어낸다. 중력의 한계를 넘어서는 도전이 끊이지 않았

고 고층 건물이나 긴 교량 등을 위해 더 튼튼한 소재와 구조
를 개발하려는 노력으로 이어졌다. 수평을 유지하여 기울어
지지 않게 하고 수직의 면이 한쪽으로 쏠리지 않게 하는 것은
작은 선반에서 대형 건축물까지 공통의 과제다. 저항하는 구
조에 오류가 생기면 붕괴되기 때문이다.

지탱하기

공학에 관한 역사적 저술가로 유명한 헨리 페트로스키Henry
Petroski는 〈연필The pencil〉이라는 책에서 오늘날 우리가 알고
있는 연필 한 자루가 탄생하기까지의 과정을 설명하고 있다.
연필은 나무에 흑연이 박힌 작은 물건이지만, 그는 연필을 현
수교의 쇠밧줄이 거대한 교량의 기능을 실현시켜주는 것에
비교한다. 즉, 나무 자루는 연필이 연필로서의 제 기능을 다
하도록 도와준다고 말하고 있다.

페트로스키는 연필의 자루를 교각橋脚과 같은 역할을 하는
하부 구조로 설명한다. 독립적으로 움직이는 사물이기는 하
지만 연필을 쥐고 있는 손에 달린 외팔보 다리로 생각한 것이
다. 그래서 원뿔 모양의 연필심을 지탱해줄 구조의 중요성을

강조한다. 오래전에 나무 자루가 달린 연필의 대량 생산이 성공을 거둔 데에는 적절한 목재가 뒷받침된 것이 컸고, 실제로 연필을 처음 성공적으로 개발한 사람들도 목공과 가구 장인이라고 한다.

구조의 문제에 집중하면 연필의 나무는 개울을 가로질러 걸쳐놓은 통나무 이야기로도 이어진다. 이것이 다리의 역사가 시작되는 지점이다. 페트로스키는 여러 저서에서 많은 지면을 할애하여 다리의 발전사를 기록했다. 1779년 세계 최초의 철교가 영국의 콜브룩데일에 건설된 이래 영국은 다리를 세우는 데 국가적인 관심을 기울여왔다. 이것은 19세기 철도 확장의 지대한 영향을 미쳤다. 오늘날에도 바다를 건너는 대규모 다리 공사는 계속되고 있으며, 지금껏 시행착오를 거치는 과정에서 수차례 붕괴 사고를 겪기도 했다. 이것은 연필이 부러지는 시행착오와는 견줄 수 없는 희생을 동반했다. 그럼에도 페트로스키는 실패 없이는 발전이 없었고 오늘의 다리가 과거에 겪은 실패의 교훈으로부터 만들어진 것이라고 설명한다.

언제까지 버틸까?

세상의 모든 것은 언젠가 무너지기 마련이다. 처음에는 중력을 이기고 꼿꼿하게 버티던 사물도 시간이 지나고 충격과 하중을 지속적으로 받으면 피로가 쌓이고 균열이 생기다가 결국에는 쓰러지거나 부서지고 만다.

그렇지만 이러한 것을 단지 시간의 문제만으로 돌릴 수는 없을 것 같다. 페트로스키가 말하는 실패의 교훈은 기술의 발전 과정에만 한정된 이야기다. 예컨대 삼풍백화점과 성수대교가 노화나 기술 수준의 문제로 무너진 것은 아니지 않은가. 버텨내기 위한 노력을 발전적인 관점에서 아름답게만 평가하는 것은 앞으로도 그 '발전'이라는 것을 이루어내기 위해 치러야 할 희생을 감수하겠다는 태도다. 발전의 당위성은 그리 오래된 의식이 아님에도 늘 누구도 거부할 수 없는 명분이 되었다.

〈발전은 영원할 것이라는 환상La developpement〉에서 질베르 리스트Gilbert Rist가 정의한 발전은 함께 더 잘 살기 위한 사회를 만드는 필연적인 덕목이 아니라 '사회의 재생산을 위해 자연환경과 사회적 관계를 전반적으로 변형하고 파괴할 것을 요구하는' 행위에 불과하다. 어쩌면 문제는 선반이나 교량과 같은 물리적인 구조가 더 잘 버티도록 애쓰는 기술적 발전이 아니라 끊임없이 발전을 추구하려는 무리한 시도가 멈추지 않는 상황 그 자체인 것 같다. 발전을 긍정하는 의식이 전문가들 사이에 버티고 있는 것이다.

'자립'이라는 점에서도 기술적 가능성뿐 아니라 현재의 상황을 잘 관리하는 것이 중요하다. 말하자면 현재의 기술 수준으로 어디까지 가능한지 실험하는 것 못지않게 현재의 구조가 안정성을 갖기 위해 어떤 조건이 보완되어야 할지 따지는 것이다. 선반과 다리, 심지어 사람의 신체도 언젠가는 무너지듯이 기술적 가능성을 추동하는 논리도 무너지는 날이 올 것이다. 새로운 공법과 기술에 대한 피로도가 점점 쌓여가고 있다는 것이 그 징후가 아닐까.

●

나무를 깎아 만든 동물

개 다 리 소 반

클래식 가구의 지지대

가구의 역사를 보면 화려한 양식을 발견하게 된다. 특히 18세기 서양 가구는 장식이 풍부하다. 모던한 디자인을 선호했던 대학 시절에는 장식이 많은 가구에 별 관심이 없었다. 그러다 언제부터인가 장식에 대한 거부감을 덜게 되었고 박물관에서 보는 클래식 가구를 유심히 볼 여유가 생겼다.

몇 년 전 네덜란드에서 '데마케르스반Demakersvan*'을 비롯한 몇몇 스튜디오를 방문할 기회가 있었는데, 그때 만난 젊은 디자이너들도 클래식 가구에 대한 자료를 많이 참고한다는 이야기를 들었다. 옛 장인들이 만든 가구의 구조라든가 장식적인 요소들을 꼼꼼히 살핀다는 것이다. 그렇다고 그 구조와 패턴을 그대로 끌어오는 것은 아니다. 오히려 현대적인 제작 기술을 적용하는 하나의 콘텐츠로 활용하고 있다. 예컨대 친숙한 외곽선을 살리되 레이저 커팅laser cutting**, 수치 제어 장치CNC*** 가공으로 제작할 수 있는 새로운 디자인을 하는 것이다.

친숙한 요소 중 하나는 동물의 다리를 닮은 가구의 구조 부분이다. 장식장은 물론이고 의자, 책상에도 이러한 부분을 흔히 볼 수 있다. 수납함이나 상판, 좌판을 지지하는 기둥이기 때문에 원통형 정도면 충분할 텐데 왜 그리 힘들게 깎아냈는지 의아했다. 가구를 마치 걸어 다니는 생명체로 취급했던 것일 수도 있고, 사자 모양으로 된 다리를 가진 의자에 앉는다는 것이 동물의 왕인 사자의 등에 올라탄 것처럼 상징적인 권위를 보여주는 것이라 믿었을 수도 있겠다. 여전히 그 배경에 대해서는 의문이 남지만, 의자의 다리에서 느껴지는 유기적인 곡선의 매력에 대해서는 의심할 여지 없이 분명하다.

동물 모양으로 된 가구의 다리

동물의 다리 모양을 즐겨 사용한 대표적인 예가 18세기의 서양 가구라는 점에 대해 의의를 제기할 사람은 없다. 오늘날 클래식 가구라고 지칭하는 대부분이 이 당시의 가구에서 비롯되었고 그것을 변형시킨 모델이 흔히 '이태리 가구'로 통용되는 장식적인 가구다. 실제로 수집가들에게 가장 어필하는 가구도 18세기에 집중되어 있다. 이 시기의 가구에서 무엇보다 중요한 점은 화려함과 안락함이 함께 담겨 있다는 것이다. 아무리 가구 제작 기술이 발달했다고 해도 그 당시의 장인들이 만들어낸 섬세함을 재현하기는 어렵다고 한다. 이러한 뛰어난 제작 기술과 더불어 현대의 집 한가운데에 지금 당장 18세기의 가구를 놓더라도 전혀 어색하지 않다는 장점까지 있다.

그런데 놀랍게도 동물 모양으로 된 다리를 가진 가구는 18세기 이전에도 존재했다. 폼페이 유적에서 나온 의자에도 있었고 심지어 기원전 3000년으로 추정되는 시기의 것으로 발견된 가구에서도 비슷한 예를 찾아볼 수 있다. 상아로 만든 황소 다리 모양의 가구 받침대가 그것이다. 그리고 서기 250년경에 나타난 로마의 X자형 의자(현재의 접이식 의자와 같은 형식)에도 사자 발 모양을 비롯한 동물 모양의 다리가 남아 있는데, 주인이 외출 중에 언제든 앉을 수 있도록 노예들이 이 의자를 접어서 운반했다고 한다.

16세기를 거치면서 중산층의 성장과 함께 가구 산업이 발전했고 여전히 동물 모양의 다리가 캐비닛을 비롯한 가구 전반에 즐겨 활용되었다. 이것은 고대 이집트나 그리스의 경우처럼 권좌를 의미하는 정도까지는 아니더라도 자신들의 지위를 표현하는 수단으로서의 장식이었던 것으로 미루어볼 수 있다.

소반의 다리

우리의 옛 가구와 기물에서도 동물의 형상을 찾을 수 있는
데 먼저 소반을 살펴보자. 〈한국의 전통 공예, 소반〉에서 저
자 배만실은 소반을 우리나라의 우수한 민예품으로 꼽으며,
그 이유로 선조들의 좌식 생활 양식에 가장 잘 맞는 살림살이
용구 중 하나였다는 사실을 들었다. 소반은 크게 반盤 과 각脚
으로 구성된다. 특히 각에서 흥미로운 부분이 구족반狗足盤,
즉 개다리소반의 다리다. 사실 소반의 다리는 개뿐 아니라 호
랑이, 고양이까지 포함하여 동물의 사지를 본뜬 것이 몇 가지
있다. 호족반虎足盤은 호랑이 다리의 선이 힘 있게 완만한 곡선
으로 내려오다가 발 부분이 바깥으로 삐쳐나와 있다. 이에 비
해 구족반의 다리는 발이 안쪽으로 말려 오롯이 안짱다리다.

원래 소반에는 다른 조선 시대의 목공예품과 마찬가지로
자연 문양들이 많다. 십장생 무늬, 사군자 무늬의 음각, 투
각이 많이 등장하는데 이것은 영생을 염원하는 뜻을 담고
있다. 또 번개, 만卍자 등의 추상적 패턴도 등장했다. 하지만
동물에서 모양을 따온 다리 부분은 이러한 속성과는 조금 달
라 보인다. 그래서 배만실은 이것이 무속 신앙에서 비롯된 것
이라고 보았고 호족반의 호랑이 다리는 산신의 사자, 구족반

＊반
가구의 위판

＊＊각
가구를 받치는 지지대

＊＊＊음각
문양을 재료의 표면에
서 살짝 파내는 방법

＊＊＊＊투각
문양을 남기고 재료의
나머지 부분을 관통해
서 뚫어내는 방법

의 개 다리는 가문의 호신을 상징했다고 설명한다.

또 다른 다리들

소반 이외의 다른 전통 가구에서도 동물 모양의 다리를 발견
할 수 있다. 2012년 국립 민속 박물관 특별전으로 열린 '선의
미감, 목가구'를 보러 갔을 때 몇몇 가구의 다리 부분이 눈에
들어왔다. 조선 시대의 책장과 경상經床*은 호족 형태를 띠고
있었다. 호족을 단 대부분의 경상이 서랍 양쪽 끝 부분 선의 바
깥으로 다리가 굽어 있고 정면으로는 전혀 돌출되지 않은 평
면적인 형태다. 로코코Rococo** 스타일의 유럽 가구에서 볼 수
있는 부풀어 오른 가구들과는 다른 느낌이다. 벼루를 넣어놓
는 문방 가구인 연상硯箱*** 중에는 구족 형태의 다리를 한 것이
있었는데, 경상의 평면적인 형태에 비해 소반의 다리처럼 네
귀퉁이에서 안쪽으로 구부러지는 입체적인 형태를 띠었다.
안타깝게도 전시의 도록에는 이들 가구의 다리 부분에 대한
별도의 설명을 찾을 수 없었다.

　　조선 시대 선비의 목가구를 들어 '무작위의 미감, 무기교의
기교'라고 하는데 동물 모양의 다리를 한 가구들은 예외인 것

*경상
절에서 불경을 읽을 때
사용하던 것을 가정에
서 받아들인 것으로 책
을 읽거나 글씨를 쓰는
용도의 평좌식 책상. 상
판의 양끝이 위로 들렸
으며 다리와 서랍에 조
각 장식을 했다.

**로코코
18세기 프랑스에서 생
겨난 예술 형식. 바로크
시대의 취향을 이어받
은 화려한 색채와 섬세
한 장식, 건축의 유행을
말한다.

***연상
문방사우인 벼루, 먹,
붓, 종이와 연적들의 소
품을 모아 정리하는 문
방 가구.

같다. 〈한국의 전통 목가구〉를 집필한 박영규에 따르면, 경상은 중국 가구에서 영향을 받은 것이고 사찰에서 불경을 읽을 때 사용하던 형식이 가정으로 들어온 것이라고 한다. 이렇게 보면 동물의 다리가 달린 가구들이 예외적인 이유가 있다. 박영규는 경상에 호족을 단 이유를 조형적인 측면에서 설명하고 있다. 경상과 같이 두루마리를 펼쳤을 때 굴러떨어지는 것을 막는 형귀*가 양 끝에 있는 가구는 위판이 길어서 무거워 보인다. 이러한 중국의 경상과 달리 우리나라의 경상에는 호족형 다리가 부착되어 위가 무거워 보이는 것을 덜고 전체적인 비례와 안정감을 꾀했다.

*형귀
모양을 낸 모서리. 여기서는 경상의 상판 양끝 부분이 들려 올라간 마감을 가리킨다.

감성의 원천

가구를 떠받치는 부분을 다리라고 부르고 동물의 다리 모양을 재현하는 것은 동서고금이 다르지 않다. 일찌감치 이러한 은유적 표현이 시작되었던 것이 훗날 관행으로 자리 잡았다고 치더라도 시공간을 뛰어넘어 공감하는 부분이 없었다면 오랫동안 이어지기 힘들었을 것이다.

집 안에 늘 있던 물건이 없어지면 '그게 발이 달렸나' 하는 말이 툭 튀어나온다. 움직일 수 없는 물건에 다리를 달아놓는 일은 수천 년을 이어왔고 이것이 사람들의 뇌리 속에 은연중에 박혀 그런 말을 내뱉게 되는 것은 아닐는지. 이 발상은 사물에 동물의 특정 부분을 연결시켜 생각한다는 점에서 흥미롭고 시각적인 면에서도 조화를 이뤄 전체적인 비례가 아름다워 보인다. 실제로 위아래로 곧게 뻗은 가구와 비교해보면 동서양을 따질 것 없이 구부러진 동물 모양의 다리가 더 근사해 보인다. 무거운 윗부분을 떠받치고 있는 곡선이 더 탄력 있고 든든하다는 느낌 때문인 것 같다.

인공조명이 실내에 들어오지 않았고 밝은 색의 라미네이트 패널laminate panel 을 사용하기 전인 시대에 가구마저 육중하고 무뚝뚝한 느낌으로 공간을 차지하고 있는 것이 시각적으로 불편했을 것 같다. 어쩌면 조금이라도 더 활력을 줄만한 요소로서 다리를 변형시킨 것일 수도 있겠다. 과거에 바닥면에서 일정한 높이로 띄워놓은 가구에 동물 모양의 다리를 부착한 것은 시각적인 이유에서 덧붙인 장식이었을지 몰라도 지금은 상상력을 자극하는 요소가 된다.

•라미네이트 패널
라미네이트는 판재의 표면을 마감하기 위해 얇은 판을 덧붙이는 것을 말한다. 가구에서도 목재의 표면을 칠하지 않고 무늬가 있는 겉장을 붙여서 사용하는데 이것을 라미네이트 패널이라 부른다.

●

초록 대문의 추억

사자 머리 문손잡이

초록색 포털

많은 사람들이 인터넷의 첫 화면을 포털 사이트로 시작한다. 필요한 정보를 찾기 쉽고 새 소식을 실시간으로 확인할 수 있기 때문이다. 그래서 목적을 갖고 특정한 사이트에 접속한 것이 아니라면 포털에 올라온 정보를 이것저것 건드리게 된다. 여러 포털 사이트 중에서도 초록색 포털이 막강한 힘을 발휘하고 있다. 인터넷의 포털에서 연상되는 또 다른 초록색 포털이 있다. 초록색 철대문이 그것이다. '포털portal'의 의미는 원래 건물의 입구를 뜻하는 것이니 주택의 '대문'과 견줄 수 있겠다. 집 안에 들어서기 위해 통과해야 하는 문은 유난히 초록색이 많았다. 초록 포털의 계보는 이 초록 대문에서 시작된 것이 아닐까.

이제는 초록 대문을 보기가 쉽지 않은 까닭에 어쩌다 초록 대문을 발견하게 되면 그 자체만으로 관심을 갖게 되지만 특히 눈길을 끄는 것은 사자 머리 모양의 손잡이다. 사자 머리 모양으로 된 손잡이는 철판을 주름치마처럼 요철(凹凸)로 가공해서 만든 문짝 좌우에 한 쌍으로 부착되어 있다. 손잡이가 없으면 그야말로 철판때기에 지나지 않았을 문짝이 사자 머리 손잡이 덕분에 시선을 끄는 핵심적인 요소가 생긴 것이다.

°요철
오목함과 볼록함

철재 대문뿐 아니라 목재 대문에서도 볼 수 있으며, 도시형 한옥처럼 오래된 집에만 붙어 있는 것도 아니다. 아파트 위주의 주거 생활이 보편화됨에 따라 수년 전에 사라졌을 법도 한데 아직 상품으로 판매되고 있다. 게다가 '전통 문손잡이'라는 수식어가 붙었다. 물론 우리나라의 전통적인 장식일 것 같지는 않고 적당한 표현을 찾다보니 그렇게 되었으리라.

촌스럽지만 느낌 있는

하성란의 소설 〈식사의 즐거움〉에 이 문손잡이가 등장한다.

"두 개의 문짝에는 사자 머리 모양의 청동 손잡이가 달려 있었다. 사자의 코 부분에 코뚜레를 한 것처럼 원형의 손잡이가 떨어져 나가 사자의 코에 구멍 두 개가 뚫어져 있었다. 남자가 사자 손잡이를 만지작거리는 동안 개는 목제 대문에 앞발을 대고 서서 발톱으로 문을 긁어대며 사납게 짖었다."

일상의 사물을 늘 섬세하게 묘사해온 작가의 글에서는 문손잡이도 존재감을 가진다. 소설 속 남자에게 이 손잡이는 기억의 연결고리이자 증거물이다. 그러면서도 둥근 손잡이는 지니의 요술 램프처럼 주술적인 느낌마저 준다. 소설 속 남자의 상황을 오늘날의 대문이나 현관문에 달린 문손잡이로 바꿔서 상상해보면 아마도 이와 같은 기억과 주술의 느낌을 전혀 살릴 수 없을 것이다. 예컨대 주인공이 직선으로 된 스테인리스 문손잡이를 만지작거리는 모습은 머릿속에 잘 그려지지 않는다. 사자 머리 모양의 주물덩어리 손잡이가 얼핏 촌스러워 보이기는 해도 번듯한 손잡이보다 더 정감 가고 이야깃거리가 있는 셈이다.

로마의 청동 손잡이

사자 머리 장식은 꽤 오랜 역사를 갖고 있다. 놀랍게도 1~3세기로 추정되는 시기에 이미 사자 머리 모양의 청동 손잡이가 있었다. 로마에서 사용되었다는 그 청동 손잡이는 1970년대에 우리나라에서 사용되기 시작한 대문의 손잡이와 아주 비슷한 모양을 하고 있다. 오랜 세월을 건너 먼 땅에서 원형을 공유하고 있다는 것이 신기할 따름이다.

로마뿐 아니라 유럽 곳곳에서도 사자 머리 장식이 사용된

흔적이 있다. 그러면 그 당시의 유럽에 사자가 있었을까? 오래전 일이지만 이탈리아, 그리스 등 남부 유럽에 분명히 사자가 서식했다고 한다. 다만 사자를 무분별하게 사냥한 탓에 기원전 1~2세기경에 자취를 감춘 것이다. 로마의 청동 손잡이가 유럽에서 사자가 멸종된 뒤에 나타난 것이라고 한다면, 사자 머리 장식은 아마도 전리품의 상징이거나 한때 유럽에 서식했던 사자의 존재를 기념하는 의미가 있겠다. 이처럼 유럽에는 오래전일지라도 사자가 실재했고 사자를 죽여 가죽을 쓰고 다닌 헤라클레스나 장롱 속의 사자와 마녀 이야기가 전해지고 있으니 사자를 장식에 사용하는 근거가 있는 셈이다.

사자는 문화적 동물이었다

동물원이 생기기 전까지는 한반도에 단 한 번도 존재하지 않은 것이 확실한 사자를 어떻게 우리나라에서 장식에 사용할 생각을 하게 되었을까? 집을 지킨다는 의미에서 동물 장식을 사용한다고 해도 호랑이라면 모를까 평생 본 적 없는 사자라니. 오래전부터 굵은 손잡이를 꽃 장식 철물과 결합하여 사용해왔던 것을 어떤 이가 사자 머리 모양으로 대체했다고 짐작할 뿐 근거를 찾기는 어렵다. 혹자는 한창 서구의 장식을 모방할 때 생겨난 것이 아닐까 추측하기도 한다.

〈삼국사기〉에 사자춤에 관한 기록이 있는 것으로 보아 '사자'라는 말과 이미지가 선조들에게 아주 낯설지는 않았을 것이다. 한반도에 없던 동물을 흉내 낸 놀이가 자생적이었을 리 만무하니 아마도 서역에서 넘어왔다는 설이 맞을 것 같다. 불교에서 사자의 의미가 각별한 것도 사실이다. 〈불상에서 걸어 나온 사자〉에서 저자 이재열 교수는 처음 법당에서 불상을 수호하던 사자가 법당 밖으로 나오면서 사찰 곳곳의 나쁜 기운을 물리치는 동물로서 위용을 드러냈다고 말했다. 탑 주변에 사자상이 많은 것도 그 때문이다. 그럼에도 사자를 직접 보지 못한 탓에 조선 후기에 해치로 변형되었고 전통적인 벽사辟邪*하면 해치를 떠올리게 되었다고 한다. 그러니까 사자는 옛 사람들에게 문화적 동물이었던 것이다.

*벽사
요사스러운 귀신을 물리치는 것

벽사의 의미를 지녔던 문

서역을 건너와서 석탑과 석등에 놓여 있던 사자 장식이 1970년대에 우리나라의 주택 대문에까지 들어오게 된 데에는 분명히 이유가 있을 것이다. 우리나라에서는 예부터 문에 중요한 의미를 두었다. 즉, 문은 단순히 사람이 드나드는 통로가 아니었던 것이다. 그래서 요사한 잡귀가 밖에서 집 안으로 들어오는 것을 막아준다는 도깨비 무늬로 장식한 귀면와鬼面瓦와 문고리가 사용되었던 곳도 주로 집 안과 밖의 경계 부위인 지붕과 대문이었다. 통일 신라 시대에는 용의 머리 장식을 한 문고리가 있었고, 2003년에 창녕 말흘리에서 출토된 사찰 유물 가운데 동물의 머리를 한 문고리도 여기에 포함시킬 수 있겠다.

귀면와
귀신의 얼굴을 그린 장식 기와

문의 여닫이 기능을 생각한다면 문고리가 달린 손잡이는 그리 편하지 않다. 군이 장식을 해야 할 이유도 없다. 결국에는 재앙과 질병을 물리친다는 벽사의 의미가 장식으로 굳어진 결과라고 봐야 할 것 같다.

이렇게 도깨비를 지나 1970년대에 사자가 등장했다. 어쩌면 상상하던 사자가 도깨비나 해치로 표현되다가 진짜 사자를 볼 수 있게 되고 사자가 대중적으로 알려지면서 사자의 모습을 제대로 갖추게 된 것인지도 모른다. 1976년에 용인 자연농원(지금의 에버랜드)이 사파리를 운영하면서 사자를 예전보다 쉽게 볼 수 있게 되었고 더 이상 사자를 문화적 동물로 간주하지 않게 되었다.

사라진 대문의 추억

대문 손잡이의 디자인에서는 청각적인 요소가 시각 못지않게 중요하다. 손잡이로 대문을 탕탕 두드려 그 집을 방문했음을 알리는 과정은 참 운치 있다. 이에 반해 오늘날 대부분의 문들은 문패 없이 번호만 부착된 경우가 대부분이다. 카드키의 삑삑대는 전자음은 인터페이스가 확실하기는 하지만 오로지 방범 기능에만 충실한 느낌이다. 물론 어찌되었든 집만 잘 지켜내면 될 일 아닌가 하고 생각할 수도 있겠다. 아마도 그 집에 사는 사람들만 출입한다면 틀린 말이 아니고 효율을 생각하면 그러한 문을 설치하는 것이 옳다. 그렇다 하더라도 철판이든, 나무판이든 기왕에 면적을 차지하고 있으면 손님이 찾아왔을 때 울림통 역할을 해주는 게 어떨는지.

오래된 집의 문고리에 비하면 사자의 입에 물린 문고리는 얇아서 크고 명쾌한 소리를 내지 못한다. 그나마도 주택가 골목에서나 간혹 볼 수 있을 정도로만 남아 있기 때문에 이제는 대문을 열고 들어간다는 것조차 일상적으로 경험할 수 없는 일이 되었다. 가족 모두가 아파트 출입구를 보안카드로 열고 현관문도 비밀번호를 눌러서 들어오기 때문에 문을 손수 열어줄 일이 없다. 택배가 왔을 때에나 간간이 현관문의 초인종 소리를 듣는다. 그나마 택배 기사와 대면한 적도 별로 없다. 택배 기사들은 많은 물건을 정해진 시간 안에 배달해야 하기 때문에 벨만 누르고 인기척이 있으면 물건을 현관문에 내려놓거나 무인 보관함에 넣은 채 얼른 다른 곳으로 이동한다고 한다.

빽빽거리는 도어락 소리에 이어 가족들이 현관문을 열고 들어서면 가끔 사자 머리 장식 손잡이가 달린 대문이 떠오른다. 비 오는 날 현관에서 우산을 펼쳐 들고 대문까지 달려가서 대문을 열던 때도 생각난다. 비밀번호를 눌러 집 안을 드나드는 편리한 시대를 살고 있지만, 가끔은 대문을 드나들던 때가 그리워진다.

"일상의 사물을 늘 섬세하게 묘사해온 작가의 글에서는
문손잡이도 존재감을 가진다."

사물 이야기
셋

도시의 일상에 뿌리내린

생.산.라.인.

●

회전 초밥집에서 쇼핑몰까지

컨 베 이 어　벨 트

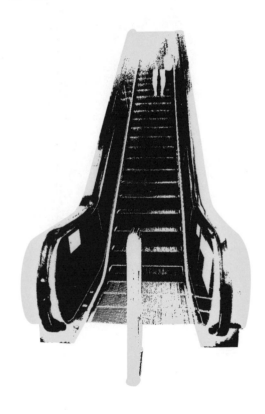

고속도로 휴게소를 들르는 이유

장거리 운전을 할 때마다 늘 고속도로와 국도 사이에서 고민하다가 결국에는 가능한 한 국도를 이용하는 방향을 택한다. 고속도로는 주변 경관을 즐길 수 없고 그저 달려야 하는 곳인데 비해 국도는 구불구불하고 시간이 많이 걸리기는 하지만 적어도 '길'을 달리고 있다는 느낌은 받을 수 있기 때문이다. 물론 통행료를 내지 않는 어마어마한 이득이 국도를 선택하게 하는 가장 큰 이유다. 하지만 어딘가를 급히 다녀올 일이 생기거나 날씨가 궂으면 하는 수 없이 고속도로를 이용한다. 그럴 때 한 가지 위로가 되는 것이 있는데 바로 고속도로 휴게소에 들를 수 있다는 점이다. 우선 전형적인 휴게소의 이미지가 재미있고 휴게소마다 독특한 콘셉트가 있어서 꼬박꼬박 사진을 찍어둔다.

휴게소에서만 먹을 수 있는 음식도 휴게소를 매력적이게 하는 요소 중 하나다. 휴게소의 간식거리로는 단연 호두과자가 최고다. 말랑말랑하고 따끈한 호두과자를 먹는 즐거움뿐 아니라 호두과자의 '생산 과정'을 지켜보는 것 또한 소소한 재미를 준다. 일종의 '금형mold*'에 기름을 두른 다음 미리 준비한 반죽을 붓고 팥 앙금을 올리면 가스 불 위를 지나면

*금형
동일 규격의 제품을 대량으로 생산하기 위하여 만들어진 틀.

서 반죽이 익는데 이것을 180도 뒤집어서 다시 한 번 가스 불 위를 지나가게 하면 즉석 호두과자가 완성된다. 갓 구운 호두과자는 틀에서 떼어낼 때 미처 떨어져 나가지 못한 군더더기가 가장자리에 붙어 있다. 마치 플라스틱 사출 성형injection molding *에서 금형의 위아래 틀 사이에 삐져나온 부분, 즉 '버 bur'가 생기는 것과 똑같은 이치다. 플라스틱이야 칼로 깔끔하게 군더더기를 깎아내지만 호두과자는 그러한 군더더기조차 바삭바삭하고 맛있어 버려야 할 하등의 이유가 없다.

*사출 성형
가소성 물질을 사출 성형기의 실린더 내부에서 이 기계에 장착된 가열기로 녹인 뒤에 금형 속에 주입하는 성형법.

가게 안으로 들어온 생산 라인

호두과자와 같은 일련의 생산 과정을 살펴보는 재미의 진면목은 한 도넛 전문 브랜드의 매장에서 고스란히 볼 수 있다. 뿐만 아니라 호두과자보다 훨씬 더 큰 규모의 대량 생산 라인을 보여준다. 작은 공장을 가게 안에 둔다는 것은 굉장히 흥미로운 발상이다. 마치 수타면을 파는 중국집에서 시각적인 효과를 노리고 반죽을 치대는 과정을 손님들에게 보여주는 것과 다르지 않다. 사람들은 밀가루 반죽이 반짝거리는 도넛으로 탄생하기까지의 과정을 지켜보면서 대기 시간을 견뎌

낸다. 여기서 사람들의 눈길을 끄는 생산 과정의 핵심은 '컨베이어 벨트'다.

20세기 대량 생산 체제의 상징은 아마도 컨베이어 벨트가 아닌가 한다. 분업화된 생산 라인에서 컨베이어 벨트는 줄곧 물건을 나르고 작업자는 맡은 바 임무를 다하면 번듯한 상품이 완성되는 형식이었다. 21세기에 들어서면서 굴뚝 없는 공장이 대세를 이루고 있다지만 가격을 낮추기 위해서는 대량 생산을 피할 수 없어 산업 생산의 현장은 오늘날에도 건재하다. 이전과 다른 점이라면 그러한 산업 생산 시설이 서구 사회에서 빠져나와 아시아 일부 국가들에 집중되어 있다는 것이다.

회전 초밥집의 컨베이어 벨트

국내 제조업의 기반은 약해진 지 오래지만 효율성을 강조한 컨베이어 벨트는 아직 사라지지 않았다. 생산 라인의 컨베이어 벨트가 어느새 일상 공간에 스며들어와서 여기저기 깔리기 시작한 것이다. 예컨대 회전 초밥집에서 음식을 고르는 것은 공장의 물류 시스템과 무척이나 닮아 있다. 뷔페처럼 사람들이 접시를 들고 이리저리 돌아다니면서 '선택'하는 것이 아니고 음식이 사람들 앞을 지나가면서 '간택'되는 방식이니 아주 편리한 방법이 아닐 수 없다.

조리사가 초밥을 만들어 컨베이어 벨트에 올려놓으면 손님이 자리에 앉아서 눈앞에 지나가는 여러 초밥 중에서 먹고 싶은 것을 순간적으로 판단해서 집어든다. 이는 물류 시스템에서 바코드로 선별하여 빼내는 것과 다를 바 없다. 물론 사람은 기계처럼 말 그대로 '기계적인' 선별을 할 수 없기 때문에 선택이 그리 쉽지 않다. 무엇을 고를지 주저하는 사이에 획 지나가버리고 일찌감치 점찍어둔 것을 앞서 앉은 누군가가 낚아채는 불운을 겪기도 한다.

공항에서 가방 찾기

먹을 것이 컨베이어 벨트를 따라 도는 과정은 아주 짧은 시간 안에 유심히 살펴보고 판단해야 한다는 점에서 공장에서 불량품을 선별하거나 상품을 분류하는 장면을 떠올리게 한다.

비행기에서 내린 뒤 짐을 찾을 때도 이와 비슷한 과정을 거친다. 짐이 나오는 곳에서 기다렸다가 눈앞에 지나가는 형형

색색의 여행 가방 중에서 자신의 가방을 찾아서 잽싸게 집어 든다. 간혹 똑같은 제조 회사의 똑같은 모델인 여행 가방을 착각하고 잘못 집기도 한다. 공항에서 가방이 뒤바뀌는 에피소드는 영화 '나홀로 집에 3', '가방 속 여덟 머리' 등 황당한 스토리의 단골 소재가 되어왔다. 영화처럼 황당한 일이 벌어질 확률은 적지만 혹여 실제로 자신의 가방을 다른 사람이 열어보는 곤란한 일이 생기지 않으리라 장담할 수 없으므로, 가방에 벨트를 매거나 태그를 붙이는 등 비슷한 다른 가방들과 확실히 구분될 수 있도록 나름의 표식을 한다.

컨베이어 벨트와 노동의 상관관계

•포드 시스템
1903년에 설립된 포드 자동차 회사에서 헨리 포드에 의해 실시된 대량 생산 시스템. 생산의 표준화와 이동 조립법(moving assembly line)을 내용으로 한다. 컨베이어 이동 조립 장치가 사용된다는 의미에서 '컨베이어 시스템(conveyor system)'으로도 불린다.

컨베이어 벨트는 포드 시스템Ford system•의 핵심으로 알려져 있다. 강수돌 교수는 그의 저서 〈노동을 보는 눈〉에서 포드 자동차의 공장에 컨베이어 벨트가 도입되면서 생긴 변화를 쉽고 간결하게 설명한다. 컨베이어 벨트가 도입된 이후 찰리 채플린Charles Chaplin의 영화 '모던 타임즈Modern times'에서 주인공 찰리가 강박적으로 나사를 조이는 것처럼 컨베이어 라인 위의 노동자들이 수행하는 노동이 반복적이고 무의미해졌다는 것이다. 게다가 그 이후에 노동이 생존을 위한 경쟁으로 치달아 노동 동일시, 즉 자신의 본질이 일(자리, 지위, 성과)에 있는 것처럼 생각하는 현상을 초래했다고 한다.

어찌 보면 일상의 컨베이어 벨트는 개개인을 소비의 노동에 참여하도록 만든 묘한 장치인 것 같다. 다양한 메뉴에서 자신이 원하는 것을 주체적으로 선택하는 자유가 자발적인 소비 노동이 된 것은 아닐까?

그런데 컨베이어 벨트가 나르는 것이 어디 물건뿐인가. 사람을 나르기도 하는데, 다만 차이가 있다면 사람이 자율적으로 컨베이어 벨트에 올라타고 내린다는 정도다. 알아서 움직이는 무빙워크moving walk* 위에서도 가만히 있지를 못하고 성큼성큼 앞사람을 질러간다.

무빙워크
공항이나 지하도 등에서 쓰이는 컨베이어 벨트 구조의 기계 장치. 경사진 길이나 평면을 천천히 움직이므로 탑승자는 자동길 위를 걷거나 서서 이동할 수 있다.

효율과 속도, 컨베이어 벨트의 두 얼굴

사실 무빙워크는 엘리베이터나 에스컬레이터와 다를 바 없는 이동 수단이다. 그럼에도 무빙워크는 너무나 직설적인 컨베이어 벨트다. 특히 쇼핑 공간에서 무빙워크는 쇼핑 카트를 가지고 아래위층을 이동할 수 있도록 완만한 경사로를 유지하고 있다. 천장까지 쌓여 있는 상품 중에서 원하는 것을 고르려면 많이 돌아다닐 수밖에 없는데 무빙워크 덕에 잠시나마 쉴 수 있으니 편리하고 유용한 장치라고 할 수 있다. 하지만 한꺼번에 많은 물건을 사도록 돕는 장치라는 의미에서 소비를 부추기는 맹점이 있기는 하다(물론 생산자 입장에서는 장점이 될 것이다).

컨베이어 벨트가 효율적이고 합리적인 해결책이라는 점에 이의를 제기할 사람은 없을 것이다. 그렇지만 그것이 대체 누구를 위한 것인지 판단하기는 어렵다. 무빙워크를 이용해서 빨리빨리 움직이는 것이 정말로 사람들의 자율적인 판단에 의한 것일까? 왜 그렇게 바삐 움직여야 할까? 왜 그토록 많은 물건을 쇼핑 카트에 잔뜩 싣고 다녀야 할까? 이는 효율, 곧 속도가 미덕이자 경쟁력이 되는 현대 사회의 특성에서 비롯된 것인지도 모른다. 한산한 매장에서 느긋하게 쇼핑한다면 오히려 요모조모 따져보고 꼭 필요한 물건만 사게 되지 않을까?

사람들이 경쟁적으로 카트에 물건을 싣고 조금이라도 빨리 이동하기 위해 무빙워크에서 아등바등하는 모습을 보면 가끔 무섭기까지 하다. 이뿐만 아니라 창고 같은 대형 마트에서 카트에 물건을 담으며 부지런히 돌아다니는 모양새는 찰리 채플린이 묘사했던 컨베이어 라인 위에서 일하는 영혼 없는 노동자와 크게 다를 바 없어 보인다.

컨베이어 벨트에서 비롯된 선택의 기술

필요한 물건을 충당하는 것은 생활인에게 당연한 일이며 이를 탓하는 것은 아니다. 다만 빨리 움직이는 게 몸에 익어버린 것 같아 씁쓸한 마음을 감출 수 없다. 앞사람이 느릿느릿 걸어가고 있으면 답답해서 참다못하고 무리하게 앞질러 가기 일쑤다. 그나마 이것도 이동 간격이 넉넉할 때나 가능한 이야기다. 많은 사람들로 붐비는 거리에서 옴짝달싹하지 못할 때는 조급증이 생기고 앞사람을 추월하기 위해 고개를 기웃거리며 기회를 엿본다. 왜 이리 조급해하는 것일까? 눈에 보이지 않는 컨베이어 시스템에 길들여져 느리게 사는 기쁨을 잊어가고 있는 것 같은 느낌이다.

농장에서 닭, 돼지를 도축하는 시스템에서 아이디어를 가져왔다는 컨베이어 시스템은 백 년이 넘도록 그 효율성을 입증해왔고 이윽고 일상 공간까지 확장되었다. 공장은 사라지지 않았고 설사 사라진다 해도 공장에서 비롯된 시스템은 일상에 스며들어 생산 라인이 물류 라인으로 그리고 선택 라인으로 이어졌다.

오늘날 영화를 예매하거나 책을 주문하고 또는 인터넷 기사를 찾는 행위에서 알 수 있듯이 수많은 정보 가운데 하나를 선택하는 양상도 비슷해 보인다. 오랫동안 살펴볼 겨를 없이 쉭쉭 넘겨서 많은 정보를 훑는다. 컨베이어 벨트에서 시작된 효율과 선택의 라인업이 이제는 모바일에서 화면을 넘기면서 선택하는 행동으로까지 확장되었다. 바야흐로 선택의 기술이 중요해진 시대가 된 것이다.

삐삐에서 사물 인터넷으로

무 선   호 출 기

응답하라 삐삐 세대

우리가 허리춤에 차고 다니던 호출기는 한동안 중요한 통신 수단이었다. 휴대폰에 이어 스마트폰이 등장하면서 사람들의 머릿속에서 잊혀졌던 호출기는 드라마 '응답하라 1994'를 통해 그 향수가 되살아났다. 흔히 '삐삐'라고 불렸던 무선 호출기를 다시 떠올리게 된 것이다. 그때는 '486'이 '사랑해'인 줄을 알았고 '8253'이 '빨리 오세요'라는 뜻인 줄 알아챘듯이 삐삐 사용자라면 누구나 좁은 액정판의 숫자 몇 개만으로 의미를 '해독'할 능력이 있었다. 또 아무리 급해도 '호출은 1번, 음성 녹음은 2번' 안내에 따라 호출을 하고 연락을 기다리는 것이 당연했다.

1982년에 무선 호출기 서비스가 시작된 이래 삐삐의 인기는 과히 폭발적이었다. 한때 가입자 수가 1천5백만 명에 육박했을 정도였다. 물론 요즘에는 삐삐의 존재를 잊고 살 만큼 찾아보기 힘든 물건이 되었다. 하지만 놀랍게도 2만여 명이나 되는 사람들이 아직 삐삐를 사용하고 있다고 하니 삐삐를 완전히 버릴 수 없는 이유가 있음이 분명하다. 병원이나 공사 현장 같은 그야말로 호출이 빈번한 곳에서 일하는 특정 분야의 종사자들이 삐삐 사용자의 대부분이고, 그 외에 자발적으로 삐삐를 사용하는 사람들도 있다. 그중에는 포털 사이트의 '삐삐를 사랑하는 사람들의 모임'의 회원들처럼 삐삐 애호가라고 부를만한 사람들도 있다.

한편 삐삐는 다른 곳에서 다른 모양으로 그 명맥을 유지하고 있기도 하다. 지난 몇 년 사이에 새로운 호출기가 엉뚱한 곳에 자리를 잡았는데, 주된 사용처는 식당이다. 사람이 많은 큰 식당이나 술집에 가면 식탁 위에 붙어 있는 호출기를 어렵지 않게 찾을 수 있다.

'이모'를 부르는 버튼

음식점에 있는 호출기를 삐삐라 부르지는 않지만 어쨌든 호출의 기능을 하기는 한다. 액정판 없이 그저 콜call 버튼 하나로 사람을 부를 때 사용한다. 이것의 등장으로 더 이상 손을 흔들며 '이모'를 외치지 않아도 된다. 사람 많은 식당에서 종업원을 부르는 일은 여간 고역이 아니다. 딱히 호칭을 뭐라 하기도 애매하다. 왜 이모라 불러야 하는지 납득이 안 가고 아주머니라고 하면 섭섭해할 것 같고 아가씨라는 호칭은 사회적 의미를 생각했을 때 부적절한 것 같아, 종업원과 눈이 마주치기만을 기다리면서 몇 번이고 손을 들었다 내렸다 한다. 일하는 사람과 눈이 딱 맞으면 다행이지만 그렇지 않은 경우에는 참다 참다 '저기요, 여기요'를 외치게 된다. 이제는 이런저런 눈치 볼 것 없이 버튼 한 번만 누르면 '딩동' 소리가 나고 곧장 그 '이모'가 달려와 밥도 물도 술도 부탁할 수 있다. 흡사 요정 지니를 부르는 요술 램프 같은 물건이다.

호출기는 마치 나무를 육각형이나 원형으로 가공한 것처럼 보이게 우드 그레인wood grain * 무늬를 한 값싼 플라스틱으로 만든 것이 대부분이다. 재밌는 점은 사람들은 식당에 들어가 테이블에 앉자마자 어딘가에 있을 플라스틱 덩어리를 찾느라 테이블 주변을 이리저리 더듬거린다는 것이다. 호출기는 때로는 테이블 위, 때로는 테이블 옆의 벽에 붙어서 제 역할을 하기를 기다리고 있다.

*우드 그레인
목재를 가공한 것처럼 보이게 하는 표면 장식 기법. 흔히 자동차 내부에서 손이 닿는 부품에 사용된다.

누군가를 호출한다는 것

아무튼 이 물건이 그저 종업원을 부르기 위한 수단에 그치지는 않는 것 같다. 몇몇 호출기는 꽤나 신경 써서 디자인됐으니 말이다. 그중에는 굿디자인 상을 받은 모델도 더러 있고 이는 그만큼 수요가 있다는 증거이기도 하다. 호출기가 금방 익숙한 사물이 된 이유는 아무래도 편리함 때문일 것이다. 그런데 가끔 호출기 사용을 주저할 때가 있다. 주문을 하려고 일하는 사람을 지켜보면 눈썹이 휘날리듯 분주히 움직이고 있고 이를 뻔히 보고 있으면서 선뜻 호출할 엄두가 나지 않는다(물론 맛집으로 알려져 사람이 바글바글한 식당에 한정된 이야기일 수도 있다). 하지만 이렇게 마음이 작아지는 경우를 제외한다면 사람 많은 음식점에서 주문을 빨리빨리 처리하기에 호출기만 한 해결책은 없을 것이다.

한편 이른바 고급 레스토랑에서는 호출기를 잘 사용하지 않는다. 상대적으로 좌석이 적기 때문인지 아니면 사람들이 줄 서서 먹는 음식점에 비해 비싼 가격 때문인지, 적절한 타이밍에 종업원이 알아서 손님에게 필요한 것을 가져다준다. 공간 배치가 넉넉한 곳에서는 손님의 손동작이 잘 보이므로 종업원이 재빨리 파악해서 조용히 다가가기도 한다. 무엇보다 조용하게 손님의 비언어적 행동을 읽으며 응대하는 것이 호출하는 관계보다는 품위 있는 서비스로 인식된다.

이렇게 누군가를 호출한다는 것은 마치 인터폰으로 비서를 부르는 것처럼 상하 관계를 떠올리게 한다. 부르면 무조건

달려가야 하고 조금이라도 늦으면 부른 사람이 화를 내는 상황이 빈번히 벌어진다.

호출기에 담긴 일사불란함

서비스를 제공하는 사람과 제공받는 사람의 입장은 다르지만 적어도 둘 사이의 의사소통은 인격적인 관계를 바탕으로 이루어져야 하고 그게 옳다. 하지만 호출이라는 것은 대부분 누군가에게 급한 용무가 있을 때 발생한다. 호출기는 편리할지는 몰라도 주문하는 과정을 몹시 무미건조하게 만든다. 말하자면 식당에서조차 물류와 같은 방식을 도입한 것이다.

푸드 코트를 가면 주문과 동시에 값을 지불한 다음 번호표를 받고 음식을 기다린다. 그 사이에 해당 라인에는 주문이 들어오고 주문한 음식을 제작해서 완성하면 전광판에 번호가 뜨며 음식이 다 되었음을 알려준다. 이 사이에 서빙은 없고 구매자가 자신이 주문한 음식을 직접 찾아간다. 종업원을 부르는 수고를 더는 동시에 굉장히 편리한 시스템 같아 보이지만 음식을 먹는 일련의 과정에 사람과 사람 사이의 감정이 빠져 있다. 마치 창고형 할인 매장처럼 저렴하고 신속하게 먹

을 수 있는 창고형 식당인 것이다. 호출기도 비슷한 맥락이
다. 벨이 울리면 어느 테이블에서 호출한 것인지 번호를 보고
확인하여 손님의 요구를 들어준다.

이러한 과정은 일사불란한 일의 질서를 여실히 보여준다.
여기서 말하는 질서에서는 공장의 생산 라인 못지않은 질서
와 효율성이 핵심이다. 효율성의 대표적인 공간인 공장의 형
식이 어느덧 일상 공간에 조금씩 흘러들어온 것이다. 식당 호
출기도 그중 한 예다. 헨리 포드Henry Ford가 자동차 공장에 포
드주의를 도입하기 시작하면서 20세기 산업의 노동 생산성
이 50배나 향상되었다고 한다. 물론 그 덕분에 값싼 자동차
를 타고 다닐 수 있고 차를 이용한 여가 생활과 같은 혜택을
누릴 수 있게 되었다. 그와 함께 생산성 및 자본주의적 시간
질서가 정착되기 시작했다.

012, 사물을 호출하는 번호

다시 삐삐 이야기로 돌아가자. 삐삐 번호의 앞부분에 사용
되던 식별 번호 012가 이제는 다른 용도의 통신에 사용된다
고 한다. 이 번호를 이어받은 주인은 요즘 한창 주목받고 있

는 사물 지능 통신Machine to Machine, M2M, 사물 인터넷Internet of Things, IoT으로, 삐삐 이용자가 줄어서 주파수 일부가 새로운 분야에 할당된 것이다. 사람과 사람의 호출이 이제는 사람과 사물로 이어지고 있다. 아직 그 변화를 체감하지는 못하지만 또 다시 새로운 관계가 설정되고 그 속에서 뜻밖의 경험을 하게 될 것이다. 어쩌면 지금의 호출기가 사람들이 직접 소통하는 과정에서의 효율성을 위해 매개물로서 존재했다면, 사물과 직접 이어진 통신은 관계를 더욱 압축시킬는지도 모른다.

머지않아 호출기로 사람의 목소리를 듣기를 기대하거나 상대방에게 별다른 요청을 하지 않고도 사물을 직접 조작하는 일이 가능하게 될 것이다. 이러한 과정에는 사람에 의한 도움의 손길이 전혀 필요 없고 그와 함께 번거로움도 사라진다. 물론 비인간적인 면을 지적하는 사람들도 있겠으나 생산성과 효율성이 높아진다면야 그리 문제될 것 같지는 않다. 사물을 깨우는 조용한 호출이 시작된 것이다.

●

고 스 톱 기 호

고
스
톱
기
호

신 호 등

도시의 질서를 수호하는 신호등

사거리에 들어서면 왠지 모르게 도시의 중심에 서 있다는 느낌을 받는다. 유동 인구가 많은 곳인 만큼 교통 체계가 잘 갖춰져 있어 안정된 곳에 살고 있다는 안도감도 든다. 그러면서도 한편으로는 도시 거주자들은 물류 시스템의 이동하는 개체와 다를 바 없다는 다소 부정적인 생각도 하게 되는데, 멈추라면 멈추고 가라면 가야 하는 시스템 때문이 아닌가 한다. 간혹 도심의 건물 위에서 차와 사람이 질서를 맞춰 가다 서다를 반복하는 교차로를 내려다볼 때면 특히 더 그렇다.

　비단 서울만 그런 게 아니다. 런던, 도쿄, 뉴욕 등 어느 도시든 횡단보도에 신호등이 있고 제각각 다른 색과 아이콘으로 규칙을 유지 내지는 준수하고 있다. 그래픽 이미지가 낯설고 그 나라 말을 몰라도 별 어려움은 없다. 신호등이 깜빡거리고 눈금이나 숫자가 줄어들고 신호음이 나면 곧 보행 신호가 끊어진다는 사실도 금방 알아차린다. 이는 교통 신호가 사람들이 쉽게 이해할 수 있는 방식으로 설계되었기 때문이다. 뿐만 아니라 외국인이나 심지어 앞을 못 보는 사람도 어떤 식으로든 길을 안전하게 건널 수 있도록 고심해서 세심하게 디자인되었다.

신호등의 배신

어느 날 인터넷에 흥미로운 기사가 올라왔다. 일본에서 서구식 회전 교차로roundabout*에 대한 관심이 커지고 있다는 니혼게이자이신문(日本經濟新聞, 일본 경제 신문) 기사를 전하는 내용이었다. 기사에 따르면, 교차로는 평상시 정면충돌로 인한 대형 참사를 원천적으로 막을 수 있고 정지했다 출발하지 않아서 공회전으로 인한 대기 오염을 줄여주는 이점이 있다. 나가노 현에서는 이미 변경 작업을 시작했고 이와테 현도 재난 복구를 하면서 이와 같은 교차로를 도입하기로 했다고 한다.

아무리 장점이 있다고 해도 이른바 '로터리'라 불리는 교차로가 대부분 사라진 오늘날 다시 그것을 도입하는 데에는 또 다른 이유가 있었다. 2011년의 동일본 대지진이 발생할 당시 신호등 때문에 큰 혼란을 겪었기 때문이다. 교차로에서 갑자기 신호등이 고장나서 교통이 마비되었고 경찰이 곳곳에서 수신호로 정리해야 했던 것이다. 또 한 가지 중요한 이유는 다른 시설물과 마찬가지로 지진이 발생했을 때 신호등이 넘어지기도 하니까 신호등 없는 교차로를 만들기 위해서였다.

어떻게 보면 지진과 같은 자연재해가 발생했을 때 신호등은 그다지 유용하지 않은 데에다 오히려 위험한 시설이 될 수

*회전 교차로
1960년대에 영국이 도입하기 시작한 교차로 통행 시스템. '로터리'라고도 불리는데 별도의 신호 장치 없이 세 방향 이상의 도로를 원형 공간을 통해 연결한 것이다.

도 있다. 신호등은 결국 애물단지인 것일까?

신호등이 사라진 유럽의 거리

도로에서 질서를 유지하기 위해서는 신호 체계를 반드시 따라야 한다는 생각에는 한 치의 의심도 하지 않았던 터라 신호등이 없는 거리는 상상조차 할 수 없다. 하지만 유럽의 사례는 신호등이 꼭 설치될 필요가 없다는 것을 말해준다.

네덜란드의 교통 전문가인 한스 몬더만Hans Monderman은 교통 신호가 오히려 위험하다는 생각을 가지고 있었다. 그의 교통 관리 이론은 인도와 도로를 통합한 공유 공간을 조성하는 것이 핵심인데, 신호등이 없으면 운전자들이 보행자들을 다치게 하거나 방해하지 않도록 더욱 주의를 기울이게 된다는 것이다. 드라흐덴의 데카덴 교차로가 2001년 공유 공간으로 개조되어 신호등은 물론이고 차선과 표지판까지 사라지고 오로지 우측통행 우선의 원칙에 따라 자율적으로 운영되었는데, 결과적으로는 교통사고율이 현저하게 줄었고 카페와 상점이 늘어나면서 사람들이 더욱 즐겨 찾는 명소가 되었다고 한다.

신호등을 비롯한 교통 시스템을 완전히 없애는 '교통 실험'
이 성공하자 유럽의 도시들이 하나둘 신호등 없애기에 참여하
기 시작했다. 런던에서도 박물관과 미술관이 몰려 있는 문화
지대에 이 시스템을 적용했다. 사우스켄싱턴 역에서 하이드
파크까지 820m에 이르는 직선 도로를 약 520억 원을 들여
재단장해서 각종 도로 구조물을 모두 없애고 '잡동사니 없는
(클러터 프리clutter-free)' 거리를 조성했다.

개인을 위해 도시가 정해놓은 약속

지리학자 데이비드 하비David Harvey는 〈포스트 모더니티의 조
건The condition of postmodernity〉에서 '개인을 공간 위를 이동함
으로써 시간을 소비하는 기획에 참여하는 목적을 가진 주체
로 간주한다'라고 밝혔다. 복잡해 보이는 표현이지만 결국
사람들은 시공간 위에서 살아가고 그 경로와 정거장(도메인
domain)을 추적하면 개인의 연대기가 나온다는 말이다. 그러
니까 개인의 삶은 걸음걸이의 궤적이고 도시는 이 수많은 걸
음걸이들이 얽히고설킨 집합체다. 도시가 제공하는 정보는
이러한 복잡한 집합에서 질서를 유지하기 위해 지켜야 할 규

칙과 같다. 그래서 사람들은 부딪히고 막히고 길을 잃는 '갈등' 없이 지낼 수 있게 된다.

흔히 이것을 '약속'으로 표현하며 사람들은 어릴 때부터 도시의 체계 익히기를 학습한다. 이 '약속'에서 찻길을 안전하게 건너기 위해서는 신호를 꼭 지켜야 한다는 항목이 빠질 수 없다. 특히 디자이너라는 직업적 본능을 거부할 수 없는 탓에 도시의 구조와 그래픽이 어떤지 자연스럽게 따져보게 된다. 신호등의 경우에는 보행 신호와 정지 신호가 정상적으로 인지되는지, 신호가 얼마 남지 않은 것을 어떻게 표현하는지 따위에 관심을 둔다. 그래서 어떤 도시를 처음 방문하면 신호등을 눈여겨보고는 한다.

도시가 만든 체계에 대한 창의적인 의문

도시의 체계와 정보는 누가 만들고 어떻게 제공될까? 그리고 도시의 구성원들은 그러한 규칙을 반드시 지켜야 할까? 혹여 누군가에 의해 강요된 것이라면 개개인이 도시의 정보에 개입할 수는 없는 것일까?

프랑스의 역사가이자 철학자인 미셸 드 세르토Michel de

Certeau의 주장을 보면 도시의 규칙이 강요되었다는 가능성이 아예 없지는 않다. 그는 일관된 총체적 공간 체계가 '보행자 중심 수사학pedestrian rhetoric'으로 대체된다고 보았고, 대중적이고 어수선한 거리 문화를 '이미 규율의 올가미에 걸려든 집단 혹은 개인들의 분산적이고 전술적이며 임기응변적인 창조성이 보여주는 은밀한 형식'이라고 설명했다. 이 말을 응용해보면 일방적인 도시의 정보 제공에 주눅 들지 않는 대중의 대응을 기대할 수 있지 않을까? 수많은 걸음걸이 자체가 일종의 행동이고 그것이 도시의 특정 공간을 창조한다고 하니 정해진 규칙을 무조건 수용하는 것만이 능사는 아니다.

하지만 융통성 있고 창의적인 보행을 꿈꾸더라도 현실은 여전히 지정된 보행을 강요한다. 몇 년 전부터 홍보하고 있는 우측 보행이 대표적인 사례다. 많은 사람들이 불편하지 않게 걸을 수 있도록 보행 방향을 규칙으로 정해놓고 그것을 강요하고 있다. 오랫동안 익숙해져온 것을 굳이 바꾸느라 과학적인 증명까지 하는 과정은 참 당혹스럽다.

신호등을 따르려는 자와 거스르려는 자

일본과 유럽의 사례에서 본 것처럼 신호등을 없애는 것이 우리나라에서도 가능할까? 우선 신호등을 제작하고 설치하는 것이 대규모 사업이 되었고 수출도 한다고 하니 관련 업계의 반대가 만만치 않을 것이다. 더불어 오른쪽으로 걷지 않는다고 호통치고 짜증내는 사람들이 많으니 창의적으로 걷는 일도 쉽지가 않다.

대부분의 사람들은 광장에서 자유롭게 걷는 것보다 신호등에 의지해서 차도와 인도를 넘나드는 일이 더 잦다보니 신호를 따라 멈추고 건너는 데에 크게 불만을 갖지 않는다. 이처럼 신호를 지키는 일은 의심할 여지 없이 당연히 지켜야 하는 것으로 받아들여진다. 그렇다고 해서 신호등 앞에 설 때마다 신호를 꼭 철저히 지켜야 하는 것은 아니지 않느냐는 사소한 일탈로 자유를 꿈꾸는 것이 나쁜 생각으로 치부되어야 할까? 물론 생각에 그쳐 결국 신호에 따라 원활한 '물류'로 떠밀려 가기는 하지만 말이다. 신호가 바뀌지 않았는데도 옆 사람이 길을 건너면 기계적으로 몸이 움직이는 것만 봐도 그렇다. 아마도 신호등은 효율적인 흐름을 유지하기 위한 강력한 약속이자 규제인 탓에 머리보다는 몸이 기억하기 때문일 것이다.

신호 위반은 해서는 안 되는 일이고 신호등 없이는 절대 살수 없다는 사람들도 분명히 존재한다. 이럴 때는 베를린처럼 신호등을 재미있는 캐릭터로 디자인해서 애착을 갖게 하는 것도 좋겠다. 암펠만Ampelmann이라는 이름을 가진 이 신호등의 캐릭터는 기념품으로 판매될 정도로 인기가 좋다. 도시의 체계를 고수하면서 그 체계 내에서 일종의 비틀기를 시도해 보는 것이다. 이렇게 신호등을 믿고 따르는 사람들도 의외로 신호등 자체에 대해서는 무관심하다. 신호등 안에 서 있는 빨간색 남자, 그 아래에는 걸어가는 초록색 남자가 있음을 기억하는 사람들이 얼마 없는 것을 보면 말이다.

"개인은 공간 위를 이동함으로써 시간을 소비하는
기획에 참여하는 목적을 가진 주체다."

●

도
시
의

출
퇴
근

도
장

_____

교 통 카 드

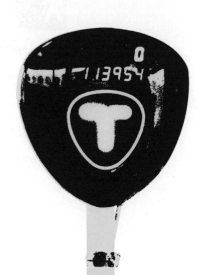

삑삑거리는 아침

도시의 아침은 '삑' 하는 소리와 함께 시작된다. 버스와 지하철이 사람을 실어 나르는 사이에 단말기가 부지런히 삑삑거린다. 때로는 잔액이 부족하다고도 하고 한 장의 카드만 사용하라는 안내 멘트도 나온다. 기계음이 거슬리기는 하지만 그 몇 배에 달하는 편리함에 꾹 참는다. 판매소를 찾아서 승차권을 구입하거나 거스름돈을 챙길 필요 없이 거두절미하고 단말기만 스치듯 지나가면 되니까 말이다. '티머니'라는 이름의 교통 카드는 도시의 이동 체계를 통합하여 요금을 지불하게 하는 뛰어난 해결책이다. 무뚝뚝하기는 해도 빠르고 똑똑한 지불 기술임에 틀림없다. 교통 카드가 없었을 때는 어떻게 살았나 싶을 정도로 지금은 교통 카드 없이는 대중교통을 사용할 엄두가 나지 않는다.

동전이 아크릴 케이스의 경사면을 타고 좌르르 흘러내리고 그것을 흘낏 지켜본 운전기사가 거스름 동전을 챙겨주기 위해 요금통 레버를 당겨서 철판이 덜커덩 열렸다 닫혔다 하면서 아래쪽 상자에 동전이 굴러떨어지게 하던 버스 승차 광경, 또 일회용이든, 정기권이든 게이트의 좁은 홈에 티켓을 쏙 밀어넣고 지지직거리면서 기계를 통과해 다른 홈으로 올라온 티켓을 집어드는 지하철 승차 광경은 이제 찾아볼 수 없다. 티머니가 탄생한 이후로 버스와 지하철 각각의 소리는 모두 '삑'으로 통일되었기 때문이다.

't'로 통하는 시스템

티머니의 이미지는 오직 't'자 하나로 통한다. 한때 'e, i'를 낱말 앞에 경쟁적으로 붙이던 시기가 있었다. 전자메일e-mail과 전자책e-book에서 사용하듯 툭하면 'e'를 낱말 앞에 사용하지 않았던가. 건설 분야에서도 'e편한○○'이라는 아파트 브랜드가 나왔으니 얼마나 인기가 있었는지 짐작할 수 있다. 이것이 식상해지자 'i'를 붙이기 시작했는데 가장 재미를 본 브랜드는 아무래도 애플의 'iMac, iPod, iPhone' 시리즈가 아닐까 싶다. 그 뒤에도 'u, k'에 이르기까지 영문 이니셜에 모든 의미를 담는 브랜딩branding*이 유행했다.

　이처럼 이니셜 브랜딩은 모든 것을 이니셜 하나로 통합시켜 사물의 이름을 단순화시키는 역할을 했는데, 그럼에도 여전히 카드의 형태나 그래픽은 매우 다양하다. 런던의 충전식 교통 카드인 오이스터 카드처럼 일관성 있는 그래픽을 고수

*브랜딩
로고(logo)와 심벌(symbol) 등을 통해 브랜드를 기획하고 개발하여 소비자의 마음속에 심어주는 일련의 활동 또는 과정.

하지는 않았던 것이다.

사실 카드의 다양한 그래픽을 즐기는 것은 신용 카드나 회원 카드 정도로 충분할 것 같다. 큰 쇼핑 공간부터 동네 슈퍼마켓까지 계산대에서 할인 혜택을 위해 붙여놓은 갖가지 카드 이미지만 해도 너무나 많지 않은가. 카드 이미지의 홍수 속에 교통 카드만이라도 간결한 것이면 좋겠다는 생각이 든다. 게다가 비접촉식으로 인식되는 티머니는 가방 안에 들어 있어도 문제되지 않기 때문에 굳이 외부로 노출시킬 필요가 없어 카드 표면의 그래픽이 큰 의미를 가지지 않는다. 중요한 것은 티머니 카드 표면의 그래픽이 아니라 티머니 사용자들이 't'로 시스템에 연결된다는 점이다.

단말기에 카드를 '찍는' 행위

사운드와 이미지보다 더 중요한 점은 교통 카드를 찍는 행위의 디자인이다. 예컨대 버스를 타는 과정만 떠올려보더라도 이 행위가 몹시 압축적이라는 사실을 발견할 수 있는데, 버스 요금을 내는 절차가 교통 카드를 찍는 행위로 압축된 것이다. 예전에는 버스마다 안내양이 문을 열고 닫으면서 직접 버스 요금을 받았고 거스름돈까지 챙겨주었다. 지하철에서도 개찰구에서 유니폼을 입고 펀치를 든 검표원의 손을 거쳐야 통과를 할 수 있었고 이때는 사람과 사람이 접촉하던 지점이 분명히 존재했다.

이제는 대중교통을 이용하는 일련의 과정에서 사람이 사라진 지 오래고 거스름돈으로 옥신각신할 일도 없어졌다. 사람의 도움을 전혀 받지 않고도 구입과 검표 과정을 1초 만에 끝낸다. 그런데 그 1초도 기다리지 못해서 차단기가 작동했던 경험을 누구나 한 번쯤은 해봤을 것이다. 그도 그럴 것이 지하철 게이트 곳곳에 '1초만 기다리세요'라는 안내문이 괜스레 붙어 있지는 않을 테니 말이다.

디자인 스튜디오 제로랩zero lab은 찍는 행위가 갖는 힘을 확인했다. 그들은 티머니 단말기에서 반응하는 소리를 그대로 따서 버튼만 누르면 똑같은 소리가 나는 장치를 디자인했다. 물론 생산되는 것은 아니고 샘플을 하나 만들어본 것인데, 실제 버스에서 실험이 이루어졌고 아무도 눈치채지 못했다고 한다. 찍는 행위와 소리만 흉내 낸 것임에도 요금을 지불한 것으로 간주되었던 것이다. 시스템에 연결되지 않아도 '찍는' 행위 자체가 승차를 승인한 셈이다.

무뎌지는 지불 감각

대중교통을 이용하는 절차가 축약되면서 지불 감각도 둔해진 것 같다. 말하자면 번거로움이 사라지는 대신 돈이 빠져나가는 것을 실감하지 못하게 된 것이다. 이것은 신용 카드를 사용하면서 익히 겪어온 일이다. 명세서를 받기 전까지는 얼마나 돈을 쓰고 있는지 인식하지 못하는 게 사실이다. 현금이라면 지출 여부를 한 번 더 생각하지만 카드를 쓸 때는 쉽게 결정을 내리게 된다. 나중에 카드 청구서를 받아 사용 내역을 들여다보면서 이렇게 많은 지출을 했던가 하며 당혹스러울 때도 있다.

티머니가 직불 카드 기능까지 갖추고 있어서 지금의 청소년들은 어른들보다 일찌감치 이러한 경험을 하고 있다. 간편한 지불에 익숙해지는 한편 과정의 경험이 하나씩 삭제된다. 그리고 그만큼 소비 감각도 조금씩 무뎌진다. 물론 대중교통은 경제적인 이동 수단이니만큼 '소비'라는 말까지 동원하는 것이 지나쳐 보일 수도 있겠다. 게다가 영국이나 일본과 비교해도 우리나라의 교통비가 무척이나 싼 것이 사실이다. 과소비라 할 만큼 심각한 규모도 아니고 무턱대고 부정적으로 볼 것까지는 없지만 지불 과정이 간결해진다는 것은 분명히 소비가 원활하도록 돕는 역할을 한다. 소비의 문제를 차치하더라도 절차와 연계된 감각이 사라진다는 것도 짚어봐야 할 점인데 그것이 비단 지불과 소비의 감각만은 아니다. 그중에는 우리가 마땅히 존중받아야 할 권리도 포함되어 있다.

네트워크화된 세상

버스 안에서 일어나는 일을 보면 로자 파크스Rosa Parks의 버스 일화가 생각난다. 인종 차별이 심했던 1955년 미국의 한 버스 안에서 백인에게 자리를 양보하라는 요구를 거절한 여성이 구속되었다. 이에 마틴 루터 킹Martin Luther King 목사의 주도 아래 1년간 버스 승차 거부 운동이 진행되었다. 결국 버스 회사는 파산에 직면했고 인종 차별법이 위법이라는 대법원의 판결을 받아냈다. 이 이야기는 인권 문제를 다룰 때 곧잘 등장한다. 여기서 흥미로운 점은 대중교통 수단이 인권 문제와 연결되어 급기야 버스 보이콧을 감행하여 먼 길을 걸어 다녔다는 부분이다.

디지털 인권이라면 어떨까? 티머니는 누구나 평등하게 이용할 수 있다. 직장인들의 출퇴근길을 담당한다는 면에서 대중교통은 도시라는 거대한 생산 라인의 중요한 한 축이기도 하다. 그 과정에서 눈에 보이지 않는 관리도 이루어진다. 마음만 먹으면 개인이 이동한 경로를 모조리 추적할 수 있으며, 개개인의 정보가 아니더라도 빅 데이터big data 를 통한 정보는 중요한 비즈니스 요인이 되기도 한다.

• 빅 데이터
기존 데이터베이스 관리 도구로 데이터를 수집, 저장, 관리, 분석할 수 있는 역량을 넘어서는 대량의 데이터로부터 가치를 추출하고 결과를 분석하는 기술.

오늘날 사람들은 자신이 어디에 있었는지 기록을 남기면서 산다. 마이크로시스템즈Microsystems, Inc의 공동 창립자인 스콧 맥닐리Scott McNealy는 "여러분에게 어차피 사생활이란 없습니다. 그냥 받아들이세요."라고 일찌감치 말했다. 셰리 터클이 연결성connectivity을 연구하여 펴낸 〈외로워지는 사람들Alone Together〉에서 압축적으로 표현한 대로 '완전히 네트워크화된 삶의 발전'이며 어느덧 '묶인 세상'이 되었다.

이 묶인 세상은 교통 요금 할인을 유인책으로 사람들의 참여를 독려한다. 전국 대중교통과 연계된 편리한 세상에 굳이 문제 제기를 하여 불편함을 감내할 필요는 없다. 하지만 누군가의 손바닥 안에서 감시받고 있다는 데에 반기를 들어 대중교통을 상대로 보이콧을 하고자 한다면, 한 번쯤 기록을 남기지 않는 '은밀하고 위대한' 이동을 감행해보는 것도 나쁘지는 않을 것 같다.

●

감
시
와

감
독

C　　C　　T　　V

월담을 막던 병 조각

주택가 골목에서 흔히 보던 담벼락은 만만한 낙서판이자 게시판이었다. 시멘트로 말끔하게 마감된 담벼락이라면 낙서를 피할 수 없었다. 이 담들은 낙서판으로만 끝나지 않았다. 대문을 열기 곤란할 때는 담장을 타넘기도 했으니 말이다. 오래전에 살던 동네의 집 담장이라는 게 그렇게 허술했다.

간혹 담장을 넘기 힘든 집이 몇 채 있었다. 부잣집은 으레 담장이 높아서 내부를 들여다보기 힘들었고 집채만 한 대문에 하늘에 닿을 듯이 솟은 담장 위에는 병 조각이 박혀 있었다. 푸른빛이 감도는 유리병의 절단면은 햇빛에 닿을 때마다 유난히 반짝거렸다. 사이다병, 소주병, 콜라병, 맥주병이 제각기 다른 크기와 모양의 파편 조각인 데다 초록색, 갈색이 어우러진 투명한 빛깔이어서 그저 담장 장식용인 줄로만 알았다. 그것이 담장을 넘지 못하게 하는 장치였음을 알게 된 건 훨씬 나중이었다.

그런데 얼마 전 문래동의 주택가 골목에서 그러한 담장을 발견했다. 다른 점이라면 병 조각들이 제 구실을 할 수 있을까 싶을 정도로 절단면이 무뎌 보인다는 것이었다. 위협성이 사라진 병 조각이 과연 남의 집 담을 넘겠다는 사람을 막을 수 있을지 의문이 들었다. 그렇다면 오늘날 병 조각의 역할을 대신하고 있는 것은 무엇일까? 여러 가지가 있겠지만 가장 흔하게 볼 수 있는 것은 강력한 경고가 인쇄된 스티커다.

주목받도록 만들어진 디자인

물론 경고문이 담긴 스티커 자체만 보자면 그저 인쇄물일 뿐이다. 그것이 힘을 발휘할 수 있는 이유는 이 집이 누군가에 의해 관리되고 있다는 것을 나타내기 때문이다. 경고문은 경찰이든, 보안업체든 관리의 주체를 분명히 밝혀두고 경고문을 읽는 사람들이 알아서 조심하도록 한다. '주차 금지, 개 조심'처럼 집주인이 직접 작성한 경고문과 달리 관리 주체자가 제작한 스티커는 시각적으로 거칠거나 흉측하지 않고 오히려 깔끔하게 디자인되어 전문적인 느낌도 준다.

사실 디자이너들은 목적이 무엇이든 간에 친절한 이미지를 만들어내기 위해 노력한다. 그러다보니 엉뚱한 일도 생긴다. 위험을 경고하는 디자인도 예외가 아닌데, 이 경우에는 명시성을 높여서 짧은 시간에 의도를 파악하게 한다. 담배 포장지에서 흡연의 위험을 알리는 경고문은 깔끔하기 그지없다. 몸에 좋지도 않은 담배 디자인이 얼마나 멋진가. 이 경우는 오히려 혐오스럽게 디자인해야 할 것 같다. 한편 약 복용 시 주의 사항이나 보험 약관 같은 것이 눈에 잘 띄지 않게 디자인된 것도 문제가 있다. 이것은 법적 제약 때문에 억지로 경고문을 넣는 얄팍한 상술의 일면이다. 이렇게 상식적이지 않은 예외를 제외하고 경고문은 대부분 주목성이 높게 디자인된다. 특히 사람들의 안전을 위해서 폭발이나 추락의 위험이 있는 특정한 지역으로의 접근을 막는 안내 사인은 주목성에 더욱 신경을 써 설치한다.

이러한 스티커 디자인은 개인의 재산을 보호하는 사인에도 그대로 적용된다. 기업의 아이덴티티 작업과 다를 바 없는 경비 회사의 상징물이 한눈에 들어오게 스티커를 장식하고 있다. 강력한 시스템을 갖고 있는 든든한 '백'이 있다는 사실을 알려주는 것이다.

CCTV 작동 중

감시 카메라가 작동하고 있다는 경고는 어떨까? 이 또한 주의를 주기 위한 것이니 주목성이 높도록 디자인해야 마땅하다. 하지만 그러한 주목성 때문에 불편한 점도 있다. 주변에 주목성 높은 경고들이 포화 상태라는 것은 시선을 집중하고 긴장할 일도 잦아졌다는 의미이기 때문이다. 예전에는 우범 지역에서나 보던 CCTV가 일상적인 사물로 느껴질 만큼 곳곳에 설치되어 있으며, 공공장소부터 사유지까지 으레 카메라가 있으려니 할 정도다.

  CCTV 경고문을 곳곳에 노출시킨 이유는 물건을 훔치려는 사람이 감시 경고를 보고 범행을 포기하는 효과가 크기 때문이라고 한다. 아무래도 실시간으로 감시가 이루어진다는 사실을 알고 있으면 함부로 범행을 저지를 생각을 굳히기 힘들 것이다. 이를 다르게 해석하는 사람들도 있는데, 이들은 선량한 시민들을 잠재적 범죄자로 몰아붙이는 것 아니냐며 불쾌해한다. 하지만 대형 사고가 터질 때마다 이를 불안해하며 안전 불감증을 탓하는 사람들의 주장이 나날이 거세지는 터라 그러한 불평은 잘 통하지 않는다. 감시 카메라를 설치할 때는 당연히 주민들의 의견을 수렴하고 동의를 구한다. 그럼에도 불구하고 보안과 사생활 보호 문제는 감시 카메라를 설치할 때마다 빠지지 않는 논쟁거리다.

  게다가 공중파 방송에서도 '관찰 카메라'라는 이름으로 동물뿐 아니라 사람의 행동을 몰래 촬영해서 보여주고, 이른바 리얼리티 프로그램 형식이 유행하면서 구석구석에 설치된 카메라로 출연자의 일거수일투족을 공개한다. 이것은 시청자들이 관찰자의 시각으로 출연자를 지켜보는 은밀한 재미를 준다. 이 때문에 관음증까지는 아니더라도 누군가가 나를 보고 있다는 것, 누군가의 활동을 내가 지켜보는 것에 거부감이 줄어드는 것은 사실이다.

지켜보고 있다

최근에 만들어진 감시 카메라 안내 사인은 몹시 복잡하게 되어 있다. 개인 정보 보호법 개정으로 '녹화 중'이라는 경고 문구만 부착해서는 안 되고 설치 목적과 촬영 범위, 관리 책임자를 표시해야 하기 때문이다. 아마도 카메라를 무분별하게 설치하는 것을 막으려는 의도일 것이다. 스티커만 달랑 붙여놓던 일도 이제는 불가능하게 되었다.

이렇게 카메라 설치 근거를 친절하게 밝힌다고 해도 보안 회사의 로고와 얄미운 광고 글귀가 부각된 것이 여전히 불편하다. 그 이미지가 '안전'의 상징처럼 인식되고 사설 경비 회사에게 자신의 안녕을 맡겨야 하는 것을 수시로 확인받는다는 느낌 때문일까? 재산의 주인과 관리자에게는 안전의 상징일 지 몰라도 당사자가 아닌 사람들에게는 절대 그렇지 않다. 단 지 조지 오웰George Orwell의 소설 〈1984〉에서처럼 '빅 브라더 가 지켜보고 있다'라는 뜻을 함축한 이미지에 불과하며, 이것 이 안전의 상징 앞에서 불안감이 커지도록 부추긴다.

이 불안감은 '판옵티콘panopticon'이라는 감옥의 이야기에 서 중요한 부분이다. 영국의 공리주의자 제레미 벤담Jeremy Bentham이 고안했다고 하는 이 원형 감옥은 중앙에 관찰자를 두는 바퀴 같은 구조다. 판옵티콘에 수감된 사람은 관찰자가 실제로 존재하는지와 상관없이 항상 감시당하고 있다는 의 식이 생기게 되며, 결국 그러한 공간 구조는 자기 감시와 자 기 검열을 낳는다는 것이다. 자기 감시나 자기 검열 효과를 이용해 범죄 예방을 하겠다는 생각은 판옵티콘의 발상만큼 이나 관리 중심적이고 잔혹해 보인다. 목욕탕 주인이 좀도둑 을 잡겠다고 탈의실까지 감시 카메라를 설치해서 물의를 일 으키는 일까지 일어났을 정도다. 다른 관리 방법을 고민하지 않고 오직 감시 카메라가 작동하는 효과에만 매달린 결과에 씁쓸해진다.

깨진 병 조각 담장에 대한 향수

공공 디자인이 한창 유행할 때 '깨진 유리창 이론broken windows theory'이 자주 언급되었다. 깨진 유리창을 그대로 방치하면 그 지점을 중심으로 범죄가 확산되기 시작한다는 이론인데, 사소한 무질서를 방치하면 큰 문제로 이어질 가능성이 높다는 주장이다. 이는 범죄 예방 논리로서 꽤 설득력이 있었다. 이 이론 외에도 범죄 예방 디자인을 주장하는 사람들이 범행 동기를 줄이기 위한 갖가지 방법을 제시하고 있다. 이러한 일련의 논의는 모두 문제가 될만한 것을 원천적으로 막자는 의도에서 비롯되었다.

물론 안전을 위한 조치 측면에서 이와 같은 논의는 반드시 필요하다. 하지만 깨진 병 조각 담장 하나로 사유지라는 것을 알리고 월담을 막았던 시절이 운치 있고 적절한 조치로 보이는 것은 왜일까? 모두를 잠재적 범죄자로 인식하고 감시하는 것으로 해결책을 모색하는 것은 다소 안일한 처사는 아닐까? 범죄 없는 도시는 최소한의 요건이지 목적이 되어서는 곤란하다. 이러한 점에서 병 조각 담장과 같이 일러두는 정도의 암묵적인 기호이자 최소한의 장치를 더 고민해야 할 필요가 있다.

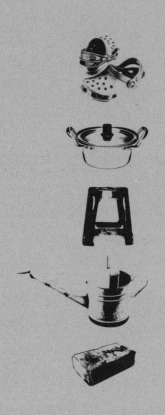

사물 이야기

넷

소
재
가
가
진

함. 정.

●

맨발을 감싸는 합성 고무

고 무 신 발

'크록스'와 '헌터'로 여름 나기

여름철이 되면 어린아이들이 알록달록한 플라스틱 신발을 신고 다니는 모습을 흔하게 볼 수 있다. 슬리퍼나 고무신이 아닌 묘한 형태의 플라스틱 신발인 '크록스'가 처음 등장했을 때는 이렇게까지 인기를 누릴 줄 몰랐는데, 크록스가 들어온 첫해부터 이 신발을 신지 않으면 큰일이라도 날 것처럼 너도 나도 한 켤레씩 사는 바람에 동이 날 지경이었다고 한다. 어린아이들의 물놀이용으로 제격이라는 입소문도 한몫했던 것 같다. 그러던 것이 이제는 20~30대 성인들도 즐겨 신는 신발이 되었다. 여기에는 비가 많이 오는 여름철 기후의 영향도 어느 정도 작용했을 것이다. 비에 젖지 않는다는 점은 아이들뿐 아니라 어른들에게도 편리하기 때문이다.

비 오는 날 신기 좋은 신발로 각광받는 신발이 하나 더 있다. 바로 레인 부츠다. 레인 부츠 중에서도 단연 '헌터'는 뭇 여성들의 여름 패션으로 자리 잡았다.

이제는 크록스와 헌터라는 브랜드 제품은 으레 하나쯤 장만해야 하는 필수품으로까지 여겨진다. 한편 이러한 제품이 나오기 전에 우리나라에도 고무로 된 신발이 있기는 했다. 아마도 고무신을 신고 다닌 기억이 있는 사람들은 크록스나 헌터가 그리 좋은 신발로 인식되지는 않을 것 같다. 왜냐하면 고무신은 가난의 상징처럼 각인되어 이와 비슷한 제품이 아무리 세련된 모양으로 재등장했다고 해도 재질이 가진 상징성이 쉽게 잊혀지지 않기 때문이다.

고무 신발의 탄생

오늘날 우리가 알고 있는 고무신은 1922년에 등장했다. '고무'라는 소재를 신발에 적용한 것은 일본에서 먼저 시작되었고 일제 강점기가 시작될 무렵 우리나라에 유입된 것으로 전해지는데, 1919년에 미국 공사를 지냈던 이하영이라는 사람이 대륙 고무 주식회사를 설립하여 국내에서 고무신이 생산되기 시작했다고 한다. 처음에는 고무로 된 신발이 낯설어 고무신을 많이 찾지 않다가 점차 수요가 증가했으며, 1921년에는 4개에 불과했던 고무 공장이 1933년에는 72개까지 늘어날 만큼 큰 시장을 형성했다.

초기에 만들어진 고무신은 지금과는 달리 신발의 바닥만 고무로 만든 형식이었다가 1922년에 이르러 전체가 고무로 된 신발이 생산되기 시작했다. 누가 어떤 과정을 거쳐서 이러한 유형의 신발을 만들게 되었는지는 알 수 없지만 다른 나라에서는 찾을 수 없는 특별한 고무신이 탄생한 것이다.

우리나라에 소개된 초기의 고무 신발은 폭이 좁고 굽이 높은 데다 발등을 감싸고 있었다고 한다. 그러니까 구두의 모양을 그대로 따오되 재료만 고무로 바꾼 형태의 '고무 구두'였던 것이다. 하지만 이러한 고무 구두와는 상관없이 그 당시에도 우리나라에는 폭이 넉넉하고 굽이 거의 없으며 발등을 많이 가리지 않는 지금의 형태와 비슷한 고무신이 존재했다. 지금 우리가 알고 있는 고무신의 모양이 이미 오래전에 틀을 갖췄던 것이다.

일찌감치 지금의 고무신 형태를 갖추게 된 이유에 대해 성형과 가공을 쉽게 하기 위한 선택이라고 추측하기도 하고, 혹자는 우리나라 농경 민족의 정착 성향을 담은 것이라 설명하기도 한다. 또 남자의 고무신은 짚신에서 따왔고 여자의 고무신은 전통적인 꽃신에서 따온 것이라고 형태로서 증명하기도 한다. 어쨌거나 고무신이 우리나라의 사용 환경에 적합한 조건을 고루 갖추었다는 점은 분명하다.

대장군표 고무신에서 왕자표 고무신까지

처음에는 폐고무를 원재료로 사용한 탓에 검은색 고무신이 대부분이었다. 흰 고무신은 상대적으로 비싸고 귀한 신발이었다고 한다. 이 한국형 고무신은 1922년 대륙 고무 공업사의 대장군표 고무신을 시작으로 해서 1932년 경성 고무 공업사의 만월표 고무신, 1948년 국제 화학의 왕자표 고무신으로 이어졌다. 브랜드 이름이 모두 '표'로 끝나던 시절답게 정겨운 이름이다. 고무신 말고도 학생 운동화는 기차표, 말표였고 오리표 싱크, 샘표 간장, 왕자표 크레파스 등이 줄줄이 나온 것에서 상표명에 대한 확고한 작명 트렌드를 읽을 수 있다.

그중에서도 만월표는 초기 브랜드답게 참 고풍스러운 이름이다. 한때 3천 명의 직원을 고용하여 하루에 3만 켤레 이상을 생산했다고 하니 이만하면 이름값을 톡톡히 한 셈이다. 이렇게 1960년대까지 호황을 누리던 만월표 고무신은 1970년대에 운동화가 인기를 얻기 시작하면서 경영난을 겪게 되었다. 결국 1985년에 문을 닫았고 이는 고무신의 시대가 끝났음을 알리는 상징적인 사건이 되었다.

원래 경성 고무는 일본으로 물건이 자주 오가던 군산에서 우리나라 자본으로 설립된 회사로 시작했고 우리나라 사람들의 일상에서 가장 오랫동안 사랑받아온 신발 브랜드였다. 지금은 최초의 고무신 생산 회사이자 가장 오랫동안 고무신을 생산한 대표적인 기업으로 역사 속에 남았다. 아직까지 합성 고무 신발이 잘 팔리고 있는 것을 감안했을 때 그 시절 고무신 생산 기업이 계속해서 제품군을 확장해왔다면 생존할 수도 있지 않았을까 하는 아쉬움이 남는다.

한 인생을 비추는 사물로서의 고무신

고무신이 완전히 사라진 것은 아니다. 한복을 차려입을 일이 있는 한 고무신 수요는 분명히 있을 것이다. 한복 치마저고리에 구두를 신을 수는 없는 노릇 아닌가. 결혼식이나 명절처럼 특별한 날 신는 고무신을 차치하고서라도 논일, 밭일하는 사람들의 발에서도 고무신을 발견할 수 있다.

3백만 명의 관객을 동원하며 다큐멘터리 독립 영화의 전설이 된 이충렬 감독의 '워낭 소리'에서 할아버지가 신던 고무신은 평생을 농부로 살아온 할아버지의 인생을 상징적으로 보여주는 사물이었다. 얼마 전 할아버지가 별세하여 누렁이 곁에 묻혔다는 기사를 접하고 먼저 떠오른 장면도 고무신을 신은 발이었다. 늙은 소의 걸음과 함께한 늙은 농부의 삶을 이보다 더 확실하게 보여주는 것은 없지 않을까 싶다.

한동안 병원 신세를 져야 했던 때가 있었다. 바로 옆 병실에 늘 사람이 북적거려서 특별한 사람이 입원했나 생각했는데 하얀 고무신을 신고 얌전한 걸음걸이로 천천히 복도를 지나는 노인을 봤다. 사회 운동가인 계훈제 선생이었다. 교육자이자 언론인으로도 명망이 높았고 고령에도 불구하고 시위대의 가장 앞에서 현수막을 붙잡은 채 행진하는 모습을 뉴스에서 여러 번 본 터라 어렵지 않게 알아볼 수 있었다. 또 섬돌 위에 고무신만 남긴 이도 기억난다. 동화 작가 권정생이다. 〈몽실 언니〉가 연속극으로 방송된 뒤에 어린이날이면 줄곧 방송국에서 그를 인터뷰하기 위해 찾았다고 한다. 시골 작은 교회의 종지기를 자처하면서 살던 그가 방송에 나올 리 만무했고 숨바꼭질하듯이 권정생 작가를 찾던 PD는 결국 섬돌 위에 덩그러니 놓여 있던 그의 고무신만 찍어서 방송에 내보냈다.

'워낭 소리' 속 할아버지, 계훈제 선생, 권정생 작가는 모두 세상을 떠났으나 그들이 신던 고무신은 어디에인가 남아 우직하고 꼿꼿하고 청빈한 삶을 살았던 그들을 떠올리게 하는 유물로서 제 할 일을 하고 있을 것이다.

고무신, 문화적 아이콘으로 남다

고무신을 신어보지 않은 요즘 세대에게 고무신은 문화적인 아이콘으로 인식된다. 남자친구가 군에 입대한 뒤 여자가 변심하여 헤어질 때 '고무신 거꾸로 신는다'라는 표현을 사용하는 것도 한 예다. 그 여자들이 헌터는 신어봤을지 몰라도 고무신을 신어봤을지는 의문이다. 그런데도 고무신을 이용한 표현이 자연스럽게 쓰이는 이유는 우리나라 사람들에게 고무신은 신발의 대명사처럼 각인되어 있기 때문일 것이다. 또 고무신에 나이키의 스우시swoosh 마크를 그려 넣기도 하고 디자이너나 아티스트들이 고무신을 변형시켜 작품으로 만들기도 한다.

한때는 갖고 싶은 물건 중 하나였던 고무신이 어느덧 가난과 농촌 풍경의 상징물로서만 남아 그 존재감이 줄어들었다. 그래도 오늘날에는 다양한 창작의 소재가 되어 문화적인 아이콘으로 새로운 가치를 얻었고 낭만적인 사물로 사람들의 발과 조우하기도 한다.

● 액
　체
　를
　담
　는
　금
　속

알루미늄 캔과 양은 냄비

깡통 시장

부산 부평동에 깡통 시장이라 불리는 곳이 있었다. 그곳은 눈이 휘둥그레질 정도로 특이한 물건이 가득했다. 해외에서 생산된 물건이 정식으로 수입되기 이전에는 미군 부대에서 흘러나왔거나 밀수를 통해 들어온 것들이었다. 깡통 시장의 골목을 지나는 것만으로도 풍요함과 이국적인 느낌을 동시에 느낄 수 있었고, 그곳에서 파는 물건은 잘사는 나라에서 만든 것이라는 생각에 선진국의 입맛을 경험할 수 있게 해주는 장소로 인식되었다. 깡통 시장에서 즐겨 찾았던 것은 리츠 비스킷과 통조림이었다. 먼 곳에서 들여와야 하기 때문에 유통 기한이 긴 것이 아니면 판매하기 어려웠으니 당연히 유통 기한에 구애받지 않는 품목이 주를 이루었다.

집어던져도 끄떡없을 만큼 튼튼하고 내용물이 상할 염려도 없으니 오랫동안 액체를 담아두기 위한 최상의 틀은 확실히 '깡통'이었다. 게다가 통조림에 든 것은 뭐든 맛있었다. 지금 생각하면 몸에 좋지도 않은 것인데 영어로 된 깔끔한 포장에 막연히 끌렸던 것 같다. 은빛 금속으로 된 용기를 캔 따개로 따는 과정도 특별했고, 깡통 포장의 알록달록한 색과 영어는 그 자체로 색다른 시각 이미지를 전달했다.

알루미늄 캔의 시작

통조림 캔의 주된 소재는 얇은 강철판이었다. 캔에 든 음료수도 원래는 이 강판으로 만든 용기에 담겨 판매되었다. 그러다 1958년에 쿠어스 맥주Coors Beers가 최초로 알루미늄 캔 맥주를 내놓았고 이때부터 철로 만든 용기와 알루미늄 캔이 경쟁 구도에 놓이게 되었다. 소재 자체로 보자면 알루미늄 캔이 더 유리했는데, 알루미늄은 철판에 비해 비중이 1/3에 불과했기 때문이다. 이렇듯 알루미늄은 가벼우면서도 철판처럼 쉽게 녹슬지 않고 인체에 무해해서 철판보다 이점이 많았다.

그렇다면 왜 처음부터 캔을 알루미늄으로 만들지 않았을까? 알루미늄은 적어도 1940년대까지는 일상생활 용품에는 거의 쓰이지 않고 전투기나 폭탄과 같은 군수품을 만드는 데 사용되는 소재였다. 세계 대전이 끝나고 무기 생산이 줄어들면서 알루미늄 제조 회사들은 새로운 수요자를 찾아야 했다. 군수 물자를 납품하던 기업들은 생활용품 시장으로 눈을 돌렸고 그중에서도 알루미늄 제조 회사들은 주류 사업에 관심을 보였다. 처음에는 강판으로 제작된 캔과 유리병이 쉽게 자리를 내어주지 않았으나 결국에는 알루미늄 캔이 그들의 수요를 따라잡았다.

역사 속에서 최적화된 알루미늄 캔

사실 알루미늄은 단점도 꽤 있다. 상식적으로 판단해도 강판 보다 알루미늄의 가격이 훨씬 비쌌다. 제조 과정에서 전기를 많이 사용하기 때문이다. 〈알루미늄의 역사Aluminium〉의 저자 인 루이트가르트 마샬Luitgard Marschal은 이렇게 비용이 많이 드는 알루미늄 캔이 싼값에 공급될 수 있었던 이유는 '원자력 발전과 석유 가격이 전적으로 저렴했기 때문'이라고 설명한다.

하지만 전기 사용 비용을 낮추었다고 해도 알루미늄 가공 과정에서 여러 가지 환경 문제가 발생하기도 한다. 애니 레 너드Annie Leonard는 저서 〈너무 늦기 전에 알아야 할 물건 이 야기The story of stuff〉에서 알루미늄이 지구상의 다른 어떤 금 속 가공 공정보다도 에너지가 많이 소모되는 금속이라고 밝 혔다. 일반적으로 알루미늄은 재활용률이 높다고 알려져 있 지만 실제로는 재활용률이 몹시 낮다고도 했다. 요약하자면 힘들게 추출해낸 귀한 소재가 고작 탄산음료를 담기 위해 많 은 에너지를 들여서 가공되는 어리석은 일이라는 것이다. 알 루미늄 제조 회사는 이러한 비난과 규제를 피하기 위해 묘책 을 세웠고 그 과정에서 탄생한 것이 오늘날의 캔 모양이었다. 예를 들어 알루미늄 사용을 줄일 수 있도록 캔의 두께를 훨씬 얇게 했고 얇은 캔의 벽이 공기압을 견뎌낼 수 있도록 형태를 다듬었던 것이다.

캔의 역사는 수많은 최적화의 역사이기도 하다. 어쨌거나 시원한 음료를 간편하게 마실 수 있게 해주는 알루미늄 캔의 소비는 점점 늘어나서 전 세계에서 연간 2천200억 개나 소비된다고 한다. 그중 1천억 개가 미국에서 소비되고 이는 미국인 한 명당 340개이니 매일 한 개씩 캔을 소비하는 꼴이다.

서'양'에서 온 '은'

알루미늄은 우리나라 사람들에게 또 다른 의미가 있었다. 어떤 금속이든 귀하게 여겼지만 '양은'이라고 따로 불렸던 것을 보면 알루미늄을 예사 금속으로 보지 않았던 것 같다. '양'은 서양에서 건너온 것을 뜻하는 수식어로 곧잘 사용되니 따라서 '양은'은 '서양에서 들어온 은'이라는 뜻이라 보면 되겠다. 원래 양은은 구리에 니켈과 아연을 섞은 은백색의 구리 합금이었으나 오늘날에는 알루미늄 그릇을 양은이라고 표현한다.

재료 자체야 어찌되었든 사람들은 하얀색의 금속 그릇을 양은이라 하고 고급스러운 제품으로 간주했다. 게다가 깨지지 않고 가벼우면서도 열전도성이 좋다는 장점을 두루 갖추고 있었다. 이러한 특징 때문에 6·25 전쟁 이후에는 전통적으로 즐겨 사용하던 사기그릇보다 양은그릇이 더 많은 인기를 얻게 되었다. 이 양은그릇은 1960년대까지 인기를 누리다 1970년대에 스테인리스가 나오면서 값싼 생활용품으로 전락했다.

양은으로 만들어진 식기에는 양은 주전자, 양은 도시락, 양은 쟁반, 양은 냄비 등이 있었다. 그중 양은 냄비는 짜고 신 음식을 담고 뜨거운 불에 올리는 한국인의 음식 문화적 특성 때문에 바닥면에 쉽게 구멍이 났다. 동네마다 다니던 땜장이들이 양은 냄비의 구멍난 곳을 알루미늄 조각으로 때우고 망치질하여 수선했다.

알루미늄 생활용품을 만드는 브랜드로 '선학 알미늄'이 있었다. 1980년대까지만 해도 선학 알미늄이 대중적인 사랑을 받았으나 그 이후에는 양은그릇을 사용하는 경우가 현저히 줄어들었다. 그 원인 중에는 양은그릇이 몸에 해롭다는 인식도 포함되어 있다. 양은 냄비의 경우 바닥 코팅이 잘 되어 있으면 별문제가 없다고 하지만, 알루미늄 표면은 쉽게 긁히고 부식되기 때문에 바닥 코팅이 그리 오래가지 못하고 아주 적

은 양이나마 지속적으로 몸속에 남아 질환을 일으킬 염려가
있기 때문이다.

양은 냄비의 부활

양은 냄비는 재료 자체가 얇아 쉽게 끓고 반대로 식기도 빨리
식는다. 그래서 짧은 시간에 뜨겁게 끓어올라야 제맛인 음식
을 만들 때 양은 냄비를 대신할 것이 없었다. 이러한 양은 냄
비의 성질이 '빨리빨리'를 외치는 우리나라 사람들의 기질과
닮았다고 설명하는 경우도 어렵지 않게 접할 수 있다.

한편 복고 열풍과 이를 상업적으로 활용하는 '추억 마케팅'
덕분에 2004년에 노란색 양은 냄비가 옛날의 인기를 되찾게
되었다. 대형 할인점들은 앞다퉈 주방 제품 코너에서 양은 냄
비를 판매하기 시작했고 한 매장은 월 매출액이 7천만 원을
넘어설 정도였다. 급기야 2004년 12월에는 개성 공단에서
양은 냄비가 처음 생산되기도 했다

빈틈없고 치밀하여 견고하며 오랫동안 사용할 수 있는 것
이 '굿 디자인'의 미덕임에 틀림없다. 그렇다면 양은그릇은
굿 디자인과는 거리가 멀다. 그래도 사람들이 애착을 갖는 매

력이 있다는 데에는 의심의 여지가 없다. 급할 때는 빨리 달아올랐다가 금세 식고 두들기는 대로 찌그러져 다루기 용이한 데다 가격까지 저렴하니 이런 만만한 물건을 만나기가 쉽지 않은 것이다. 양은 냄비에는 훌륭한 디자인의 도도함과는 확실히 다른 생존의 이유가 있다.

●

플
라
스
틱 빌
의 휴
식

─────────────

플 라 스 틱 의 자

하나의 몸체로 된 플라스틱 의자

*모노블록 체어
의자 중에서 앉는 면, 등받이, 다리가 한 몸으로 된 의자 유형. 플라스틱 소재의 값싼 의자 대부분이 이러한 유형에 속한다.

아마도 지금껏 세상에서 가장 많이 팔린 의자는 모노블록 체어monobloc chair 라고 불리는 플라스틱 의자일 것이다. 편의점 앞에 맥주 회사 로고가 붙은 의자라든가 시장통에 파랗고 빨간 원색의 등받이 없는 의자들이 여기에 포함된다. 기본적으로 이러한 의자는 부품이 하나뿐이다.

의자는 기본적으로 앉는 면과 등을 기대는 면, 다리로 구성되어 있고 필요하다면 팔을 걸칠 수 있는 구조가 추가되어 대여섯 개의 부품이 결합된 사물이다. 이것을 하나의 소재로 한 몸체의 의자를 만들려는 시도가 오래전부터 있었다. 이러한 아이디어를 실현시킨 사람 중 하나가 베르너 판톤Verner Panton이라는 디자이너다. 판톤 의자로 잘 알려진 이 의자는 정말로 하나의 면이 구부러져서 의자 구실을 한다. 그가 한 몸으로 된 의자를 만들려고 한 것은 미학적인 이유가 컸는데, 여러 부품이 연결되지 않고 하나로 탄생한 사물의 아름다움을 중시했기 때문이다.

플라스틱 의자도 판톤 의자처럼 한 몸으로 된 독특함이 있기는 하지만 미학보다는 생산성에 더 큰 의미가 있다. 플라스틱 의자는 외형 면에서 가죽이나 원목, 알루미늄 등 고급 소재를 사용한 고가의 의자들과는 비교할 수 없을 만큼 초라하다. 그렇지만 플라스틱 의자보다 사람들의 일상에 깊이 파고든 것은 찾기 힘들다.

예컨대 야외에서 콘서트를 열 때 플라스틱 의자가 없다면 어떻게 될까? 접이식 의자로 대체한다고 해도 트럭 몇 대로 수천 명의 좌석을 마련하기에는 턱없이 부족하다. 전국의 편의점 앞 풍경도 달라질 것이다. 유럽의 노천카페처럼 분위기를 낼 수 있다면 더할 나위 없이 좋겠지만 각 편의점 형편상 실현 가능성이 낮고 기업에서 홍보용으로 만들기에는 비용 부담이 크다. 플라스틱 의자가 없었다면 편의점 앞에 앉아 잠시나마 요기를 하는 소박한 행복도 누릴 수 없었을 것이다.

이러한 플라스틱 의자는 왜, 언제, 어떻게 우리 주변에 나타났을까?

플라스틱 의자에 반기를 드는 사람들

모노블록 체어에서 중요한 것은 대량 생산의 가능성, 즉 값싸게 만들 수 있다는 점이다. 제조 회사들이 제품 가격 면에서 플라스틱 의자의 강점에 주목하기 시작한 것은 1970년대로 알려져 있다. 1970년대는 무엇이든 플라스틱으로 만들 태세로 목재, 금속 소재의 기존 제품을 플라스틱으로 바꾸던 시기였다. 의자도 예외는 아니었다. 플라스틱 의자는 야외에 두어도 녹슬거나 썩지 않으면서 가벼운 데다 겹쳐서 쌓아둘 수 있어 자리도 적게 차지하기 때문에 여러 회사가 경쟁적으로 생산하게 되었다. 그 결과로 수량이 많아지면서 생산 가격이 낮아졌고 경쟁이 치열해지자 가격은 더더욱 낮아졌다.

수잔 플라인켈Susan Fleinkel은 〈플라스틱 사회Plastic〉에서 모노블럭 체어에 대한 불만을 모아서 소개했다. 예컨대 워싱턴포스트지의 기자인 행크 스튜버Hank Stuber는 '이 합성수지 가득한 의자는 살찐 엉덩이를 담는 타파웨어 용기다'라고 비난했다고 한다. 또 비트라Vitra사의 대표인 롤프 펠바움Rolf Fehlbaum은 다음과 같이 말했다.

"싸구려 플라스틱 의자에서는 싸구려 사고방식이 보이는 것 같거든요. 이 의자는 도덕의 최저치를 암시해요. 어떻게 하면 물건을 최대한 싸게 만들어서 사람들이 1, 2년 뒤에 버리게 할 수 있을까 하는 개념만 담겨 있죠."

심지어 스위스의 바젤에는 노천카페에서 모노블록 체어를 사용하지 못하게 금지하는 법이 있다고 한다.

이러한 문제와 불평에도 불구하고 오직 한 가지 결정적인 이유로 플라스틱 의자를 거부할 수 없는데 바로 너무나 저렴하다는 점이다. 가격이 싸다는 것은 구입 비용이 덜 들어갈 뿐 아니라 관리하는 데 크게 신경 쓰지 않아도 된다는 장점이 있다. 비싼 의자라면 망가지거나 누가 훔쳐갈 것까지 걱정해야 하니까 말이다.

군더더기 없이 최적화된 디자인

그렇다면 몇 천 원에 불과한 플라스틱 의자를 만들 때 가격만큼 대충대충 만들까? 언젠가 학생들과 플라스틱 의자를 재디자인하는 과제를 진행한 적이 있다. 현재 판매되는 가격을 고려하여 너무 고급스럽지 않은 수준에서 개선해보라고 했는데 학생들이 무척 난감해했던 기억이 난다.

아마도 첫 번째 이유는 디자이너가 그러한 싸구려 제품을 디자인한다는 현실을 수긍하기 어려웠던 탓이고, 또 다른 이유는 플라스틱 의자 자체가 더 이상 손댈 곳이 없이 이미 최적화된 디자인이기 때문이다. 가격이 싸다고 해서 결코 대충 만든 것이 아니다. 플라스틱 의자는 원가를 10원이라도 낮추어야 하고 그러면서도 내구성이 떨어지지 않으며 의자를 포개놓을 수 있어야 하는 현실적인 조건을 오랫동안 맞춰온 것이다. 디자이너가 참여했을지는 모르겠지만 소규모 제조 회사 관계자, 금형 설계자, 판매자들이 여러 가지로 궁리한 내용이 축적된 집결체인 셈이다. 그래서 플라스틱 의자의 어떤 부분에서도 군더더기를 찾아볼 수 없다.

플라스틱 의자를 겨우 체중을 버티는 구조물에 불과하다고 비판할 수 있다. 또 누구의 디자인이라고 하기 곤란할 만큼 여기저기서 제각각 만들어낸 것이기도 하다. 하지만 현실에서는 플라스틱 의자에 대해 마땅한 대안이 없다. 딱히 앉을 곳이 없을 때, 적은 돈으로 여러 개의 의자를 구입해야 할 때에는 플라스틱 의자가 제격인 것이다. 플라스틱 의자는 앉기도 하고 물건을 올려놓을 수 있어서 시장에서 여러모로 활용된다. 특히 노점을 하는 사람들에게 이만한 물건이 또 어디 있겠는가.

플라스틱 세상

만약 플라스틱으로 온 세상이 뒤덮인다면 어떻게 될까? 애니메이션 '로렉스Lorax'는 플라스틱 나무와 꽃으로 가득한 화려한 세상을 보여준다. 꽃병에 놓인 꽃이 생화인지 조화인지 판단하기 힘들 만큼 플라스틱 성형 기술이 발달한 것을 생각하면 로렉스에 등장했던 세상이 불가능한 일만은 아니다. 영화는 화려한 플라스틱 세상에 사는 소년이 진짜 나무를 보고 싶어서 숲과 나무의 요정 로렉스를 찾아가는 것으로 이야기가 전개되면서 플라스틱이 갖고 있는 장점과 한계를 재미있게 그려내고 있다.

과연 플라스틱의 장점은 무엇일까? 플라스틱은 어떤 모양이든 만들 수 있는 가공성, 매끄러운 표면에 화려한 색상을 띠는 시각적인 매력, 가벼우면서 잘 깨지지 않아 보관하기 편하고 특별히 조심해서 다룰 필요도 없다.

이와 동시에 플라스틱의 단점도 나열해보자. 우선 싸구려로 인식된다는 점인데 이것은 디자이너와 브랜드의 명성으로 해결할 수 있다. 플라스틱으로 만들었다고 해도 유명 디자이너의 손을 거친 경우는 가격이 만만치 않다. 필립 스탁 Philippe Starck이 카르텔Kartell사를 위해 디자인한 '루이 고스트

＊폴리카보네이트
열가소성 플라스틱의
한 종류. 내열성, 내충격
성이 좋고 투명도가 높
아서 휴대폰과 노트북
등 IT 제품의 외장재를
비롯해 CD, DVD의 플
라스틱 부품 원료에도
널리 사용되는 고기능
성 엔지니어링 플라스
틱이다.

＊＊폴리프로필렌
가볍고 다양한 형태로
성형이 가능한 범용 플
라스틱 소재. 다른 플라
스틱에 비해 저렴하면
서 강도가 높은 편이고
유연한 특성이 있어서
문구류, 생활용품에 널
리 활용된다.

Louis Ghost＇의자는 폴리카보네이트$_{polycarbonate}$＇라는 플라스틱 소재로 만들었고 한 몸으로 사출 성형되었다. 모노블록 체어와 똑같은 성형 방식이지만 폴리프로필렌$_{polypropylene}$＇＇으로 만든 일반 모노블록 체어보다는 소재도 더 고급이고 섬세하게 제작된 데다 스타 디자이너의 손을 거친 탓에 판매 가격이 40만 원에 이른다.

깐깐한 환경 문제에도 플라스틱이 타격을 받지 않는 이유는 재활용이 가능하기 때문이다. 그런데 아무리 재활용 가능성이 높은 소재라고 해도 수거가 제대로 되지 않으면 소용이 없다. 플라스틱 사용의 맹점이 여기에 있다. 태평양 어딘가에는 플라스틱 쓰레기가 모여 섬을 이룬 플라스틱 섬이 떠돌고 있다고 한다. 이 플라스틱 섬은 한반도의 7배 정도 되는 규모라고 하니 어마어마하다.

자가 디자인으로 재탄생한 플라스틱 의자

플라스틱이 갖는 부정적인 측면에 더하여 미학적으로도 뛰어나지 않음에도 불구하고 플라스틱 의자가 보편적으로 사용되는 이유는 몹시 현실적이다. 쉽게 구할 수 있고 쉽게 버릴 수 있기 때문이다. 모양이 그리 매력적이지 않고 앉았을 때의 불편함도 감수해야 한다. 그래서 이것을 '궁핍의 미학' 또는 '키치kitsch'로 폄하하기도 한다.

그런데 이러한 플라스틱의 단점을 적극적으로 나서서 해결하려는 이들도 있다. 디자이너와 아티스트들이 간간이 값싼 플라스틱 의자로 재미있는 프로젝트를 만들고 또 유용한 물건으로 탈바꿈시키기도 한다. 하지만 무엇보다 진정한 해결사는 디자이너나 사용자가 아닌 가게 주인들인 것 같다. 시장에서 노점을 둘러보면 의자의 윗부분에 스펀지를 덧대거나 천으로 감싼 경우를 흔히 발견할 수 있다. 이는 자가 디자인이라고 부를만하다. 시장의 상인들이 현실적인 필요에 의해 플라스틱 의자를 개량한 것이고 그것이 점점 보완되어 안정적인 형태로 정착했기 때문이다.

이와 같은 의미에서 플라스틱 의자는 자가 디자인을 위한 하나의 플랫폼platform이 되었다고 할 수 있다. 물론 플라스틱 의자를 개발하거나 제조하는 이들이 애초에 의도한 바는 아닐 것이다. 다만 오랫동안 사용되면서 작은 아이디어들이 쌓인 결과다. 플라스틱 의자는 하나의 사물이 일상의 공간에 존재하게 되면 그 이후는 개발자나 생산자의 의도와 전혀 상관

없이 사람들의 손에 의해 '길러지는' 대상이 된다는 것을 보여주는 좋은 사례다.

●

가
난
한 재
료
와 기
술

함 석   물 뿌 리 개

함석지붕

한국 국제 협력단KOICA 대원인 어느 선생님의 요청으로 캄보디아의 시골 마을을 방문한 적이 있다. 그곳 학교에 필요한 가구를 만들 재료를 구하기 위해 마을을 돌아보다가 몹시 흥미로운 풍경을 접했다. 시골이지만 휴대전화로 통화하는 모습은 도시와 다를 바가 없었다. 오토바이와 자동차도 일본과 우리나라 제품이 주를 이루었다. 그런데 집만은 예외였다. 집의 몸통은 나무판자를 덧대어 만든 것이고 지붕은 오랜만에 보는 함석지붕이었다. 함석으로 만든 물건도 제법 눈에 자주 띄었는데, 일부 농촌 지역에서는 아직도 함석*을 일상적으로 접할 수 있었다.

지금은 함석지붕을 보기 힘들어졌지만 옛날 시골에는 함석지붕을 이고 있던 집이 많았다. 정부가 1972년부터 농촌 주택 개량 사업을 추진하면서 지붕 개량 사업을 우선 과제로 삼았고, 이는 초가지붕 없애기라는 이름 아래 시골집의 담장과 지붕이 빠르게 교체되는 형식으로 진행되었다. 위생적이지 않은 데다 보기에도 좋지 않다고 평가받던 초가집의 지붕이 헐리고 시멘트로 만든 기와, 슬레이트**, 함석이 시골집의 지붕에 얹혔다.

* **함석**
겉에 아연을 입힌 강철판. 강철은 공기 중에서 쉽게 녹슬지만 아연을 입히면 잘 녹슬지 않는다. 이러한 특성 때문에 지붕 마감재나 홈통 재료 등 건축 재료로 많이 쓰인다.

** **슬레이트**
1970년대에 우리나라에서 건물의 지붕으로 사용되었던 소재. 특히 농촌 지역의 지붕 개량을 위해 보급되었으나 석면이 포함되어 있어서 그 유해성 때문에 지자체마다 교체 작업이 진행되고 있다.

생활용품의 주요 소재였던 함석

〈마당을 나온 암탉〉의 작가 황선미는 〈바람이 사는 꺽다리집〉
이라는 소설에서 초가지붕의 개조 과정을 꼼꼼히 묘사했다. 주
인공 남매는 군수의 방문에 맞추어 새마을 운동 표어를 써 붙
이고 웅변대회에 나가 상까지 받았지만, 결국 군수의 방문 날에
자신들이 살던 초가집이 불타는 모습을 목격해야 했다. 군수의
지시로 인해 신작로 주변의 초가집이 모두 사라진 것이다.

이 소설의 주인공처럼 1970년대에 시골의 변화를 겪은 세
대들에게 근대적인 주거 형태는 시멘트, 슬레이트 그리고 함
석으로 된 집으로 기억될 것이다.

지붕뿐 아니라 문짝을 비롯해서 물뿌리개, 쓰레받기와 같
은 일상의 소소한 물건을 함석으로 만들어 쓰기도 했다. 이렇
게 보면 20세기 일상에서 중요한 재료를 꼽으라면 강철이나
플라스틱 이외에 함석도 포함시킬 수 있겠다.

함석 장인의 물뿌리개

오래전에 함석 물뿌리개를 사용하던 기억이 나서 대구의 함
석 골목을 찾아간 적이 있었다. 그곳에서 함석으로 소품을 만

드는 사람을 만났는데, 국내 각 지역을 소개하는 한 방송 프로그램에서 그 사람의 가게를 취재한 것을 본 뒤 무작정 찾아나선 것이다. 함석 제품을 사용할 일은 없었지만 그것의 제작 과정과 구조가 내내 궁금했다. 서울에서는 함석 물뿌리개 같은 것을 구하기도 어렵고 그것을 직접 만드는 곳을 찾기는 더욱 어려웠다. 인테리어 소품으로 판매하는 것들은 그야말로 장식을 위한 소품이기 때문에 솜씨 있게 만들지 못했다. 함석으로 만든 물건이 대단한 것은 아니지만 아무래도 숙련되지 않고서는 제대로 된 게 나올 리 없지 않은가.

함석으로 만들던 것은 이미 플라스틱으로 대체된 지 오래되었고 함석 제품보다 값싸고 더 번듯한 물건으로 생산되고 있는 게 사실이다. 그래서 이제는 필요 없겠거니 하고 생각했다. 하지만 함석을 다루는 사람을 만나서 이야기를 들어보니 '그럼에도 불구하고' 함석은 여전히 사용 가치가 충분했다. 가정에서 화분에 물을 주는 정도라면 작고 예쁜 플라스틱 물뿌리개로 충분하지만, 화원을 운영하는 사람들은 플라스틱 물뿌리개가 약해서 함석 물뿌리개를 선호한다고 한다. 그런데 그것을 만드는 사람이 드물다보니 먼 곳까지 찾아가서 주문 제작을 해야 하는 형편이다.

옛것과 새것의 공존

사라졌을 법한 것이 여전히 사용되고 있다니 참 묘한 일이다. 브뤼노 라투르Bruno Latour라는 과학 철학자가 '흔히 사람들이 믿고 있는 모던의 시대는 존재하지 않는다'라고 했다더니 여기에 딱 맞는 말인 것 같다. 조금 더 구체적으로 말해서 1900년대를 전후하여 근대라고 불리는 특징들이 전반적으로 나타났다고 해서 전근대기의 특징이 완전히 사라지는 일은 일어나지 않았다는 말이다.

브뤼노 라투르의 주장은 전적으로 지당하다. 어떻게 새로운 것이 완벽하게 옛것을 몰아낼 수 있겠는가. 지하철에서 많은 사람들이 스마트폰을 열심히 들여다보고 있지만 한쪽에서는 책을 읽는 사람이 있고, 컴퓨터나 디지털 기기로 음악을 듣는 사람이 대부분이겠지만 여전히 아날로그 오디오에 빠져 있는 사람도 있다. 심지어 가수들이 LP로 새 앨범을 내기도 한다. 이것을 누가 상상이나 했겠는가. 이처럼 역사의 시간이란 늘 뒤섞여 있어 옛것과 새것이 공존하기 마련이다.

기술 사학자인 데이비드 에저튼David Edgerton 교수는 자신의 저서 〈낡은 것의 충격The shock of the old〉에서 브뤼노 라투르의 전제에 동의하면서 '우리는 망치와 전기 드릴을 함께 사용한다'라고 단적으로 표현했다. 덧붙여 '20세기에 가장 중요한 기술은 무엇이었나?'라는 질문을 던진다. 이에 대해 사람들이 너무나 쉽게 단정지어버린 기술에 대한 선입견, 즉 새로운 기술은 항상 중요하다는 생각이 잘못된 것임을 깨우치게 하는 구체적인 예를 들었다.

그 대표적인 예가 석탄인데, 대부분의 사람들은 1900년대 이래로 석탄의 사용이 점점 줄어들었다고 생각할 것이다. 하지만 영국만 하더라도 1850년대보다 1950년대에 더 많은 석탄이 소비되었고, 전 세계적으로 보면 1900년이나 1950년보다 2000년에 더 많은 석탄이 사용되었다고 한다. 여전히 소와 말을 중요한 이동 수단으로 사용하는 인구가 적지 않고 재래식 무기도 사라지지 않고 있다. 이와 같이 오래되었음에도 지금껏 일상에서 사용되는 기술을 '크레올 기술creole technology'이라고 부른다.

에저튼 교수가 주장한 핵심은 현재도 여전히 활용도가 높은 기술들이 단지 오래되었다는 이유로 가난한 기술로 치부되고 있다는 점이다. 특히나 정부가 신기술에만 자금을 지원하다보니 오래되어 친숙하고 안정적인 기술을 활용할 기회가 사라지고 있다고 비판한다. 어쩌면 신기술의 백 분의 일,

아니 천 분의 일만 오래된 기술에 투자하면 훨씬 더 많은 혜택을 볼 수 있을 것이다.

만들기가 가진 힘

실제로 1980년대까지만 해도 물통이며 물뿌리개와 쓰레받기는 으레 함석으로 만들어졌다. 게다가 시장에서 구입하기보다는 직접 만드는 경우가 흔했다. 당시로서는 지금처럼 번듯한 공구나 자작 합판 따위의 재료가 없었으니 가장 만만한 재료가 함석이었고 가위로 오려내고 못을 박으면 그만이었기 때문에 애용되는 소재였다. 지금도 손쉽게 다룰 수 있는 재료지만 물뿌리개나 쓰레받기 등을 더 이상 손수 만들지는 않는다. 이제 함석은 일상적인 물건을 만드는 재료가 아니라 '덕트ᴅᵘᶜᵗ'라고 불리는 공조 시설의 연결부와 환기구를 만드는 재료로 남아 있다.

요즘은 DIYᴰᵒ ᴵᵗ ʸᵒᵘʳˢᵉˡᶠ라고 해서 필요한 것을 직접 만드는 데 관심이 부쩍 늘고 있다. 가구를 만드는 워크숍이 열리고 전자 부품으로 창의적인 기구를 선보이는 브랜드의 페어도 열린다. 2011년 런던의 빅토리아 앨버트 박물관ⱽⁱᶜᵗᵒʳⁱᵃ ᵃⁿᵈ

Albert Museum에서 열렸던 '만들기의 힘Power of Making'전은 이러한 풍토를 반영한 것이었고 사람들의 만들기 능력을 일깨워주고자 했다. 여기서는 전통적인 장인들의 만들기부터 수제 자동차, 3D 프린터로 설계한 물건 만들기까지 소개되었다.

이는 '소비'에서 '제작'으로 관심이 바뀌어가는 것을 단적으로 보여준다. 함석과 같은 구식 재료를 활용한 디자인은 새로운 기술을 적용하는 것만큼이나 의미가 크다. 자신이 직접 물건을 만들거나, 장인이 만든 물건의 가치를 인정함으로써 대량 생산과 대량 소비의 구조를 조금이라도 벗어날 수 있지 않을까? 제작에 대한 관심은 풍요롭고 스마트해지면서 상실했던 능력, 즉 스스로 계획하고 만드는 능력을 회복하는 것이라는 점에서 무엇보다 중요하다.

●

오래된 건축 자재의 재발견

흙벽돌과 시멘트

흙집이 오랫동안 이어질 수 있었던 이유

집을 짓는 데에는 다양한 소재가 활용되고 있고 지금 이 순간에도 새로운 소재가 개발되고 있다. 하지만 흙보다 더 오랫동안 활용되어온 소재는 없을 것이다.

건축가 정기용은 생전에 흙을 통해서 현대인들의 삶을 수용하려는 시도를 했다. 그는 이집트 건축가 하산 화티Hassan Farty가 오래된 흙 건축 기술로 재현한 〈이집트 구르나 마을 이야기Gourna, a tale of two village〉를 읽고 흙과 건축을 결합하려는 시도를 하게 되었다고 한다. 그는 자연의 건축 재료로서만 흙에 가치를 부여하는 것이 아니라 오래전부터 사람들이 공유하던 가치도 담고자 했다. 농촌의 담집을 통해 옛 집을 돌아보는 것의 의미를 찾았고 모로코 우아르자자뜨의 민가를 비롯해서 해외의 흙집을 방문하면서 풍토적인 건축에 더 깊은 생각을 하게 되었다고 한다. 정기용의 저서 〈사람, 건축, 도시〉를 읽다보면 흙을 담틀에 넣고 다져서 벽체가 만들어지는 것 자체에 큰 감동을 받을 만큼 흙이라는 소재 자체에 애착이 컸음을 알 수 있다.

구체적으로 흙 건축의 역사가 거의 1만 년에 이른다고 하니 건축가에게는 중요한 관심사가 아닐 수 없다. 흙은 오늘

날의 벽돌에 이르기까지 긴 역사를 지나면서 서서히 변화해
왔다. 그중에서도 점토에 밀짚이나 거름을 섞어 만든 어도비
adobe 벽돌은 기원전 7600년경부터 만들어지기 시작했다. 이
러한 흙벽돌은 주변에서 손쉽게 재료를 구할 수 있었지만 오
랫동안 비를 맞으면 약해지는 단점이 있었다. 그래서 기원전
3500년경에는 불에서 구워낸 벽돌로 발전하게 되었고, 흙은
현대 건축의 신소재 틈바구니에서도 수천 년이 지나도록 굳
건하게 자리를 지킬 수 있는 원동력이 되었다.

쿠바의 로마식 시멘트

흙벽돌의 역사에 비하면 훨씬 짧지만 그에 못지않은 보편적
인 소재로 활용되어온 것이 바로 시멘트다. 시멘트 하면 쿠바
에서 일어났던 흥미로운 사건을 빼놓을 수 없다. 쿠바 전문
저술가로 알려진 요시다 타로吉田太郎는 〈몰락 선진국 쿠바가
옳았다〉에서 독특한 친환경 자재를 소개한 바 있다.

쿠바에서 인공위성 개발을 연구하던 마르티레나 박사는
쿠바의 에너지와 자원 상황이 악화되자 1980년대 후반부터
자재 수송의 낭비를 줄이는 방법을 찾기 시작했다. 우선 현장

에서 구할 수 있는 재료로 집을 짓는 시스템을 개발하게 되었는데 '리메 폿사라나 시멘트(CP-40)'라는 것이다. 그동안 일반적으로 사용해오던 시멘트는 포틀랜드 시멘트라고 불리는 것이었다. 이것은 영국의 조셉 애스프딘Joseph Aspdin이 1824년에 인공 시멘트 특허를 얻은 것인데, 도버 해협 채석장에서 나오는 포틀랜드 천연석과 빛깔이 닮아서 이렇게 불린다고 한다. CP-40은 포틀랜드 시멘트보다 에너지 소모나 이산화탄소 배출량이 훨씬 적을 뿐 아니라 내구성이 오래 지속되었고 에너지 효율도 좋은 것으로 나타났다. 무엇보다 사탕수수 줄기의 소각재와 같이 버려질 것을 재활용한 점에서 쿠바의 여건에 잘 맞았다.

그런데 놀랍게도 마르티레나 박사가 개발한 시멘트는 로마 시대의 건축에서 힌트를 얻었다고 한다. 당시의 제조 방식을 응용하여 개발한 CP-40으로 블록과 지붕의 기와를 만들고 바이오 폐기물을 연료로 구워낸 흙벽돌로 낙후된 주택을 개축한 것이다. 집을 짓는 방식도 건축업자들이 일괄적으로 진행하는 것이 아니라 지역 공동체의 워크숍을 통해 지역 사람들이 스스로 건축할 수 있도록 했다. 이 덕분에 짧은 시간 안에 기술 보급까지 이뤄졌다고 한다.

콘크리트의 역사

결과만 따져보면 지금의 콘크리트 건물은 로마 시대의 건물보다 오래가지 못한다. 기껏해야 수십 년이 지나면 낙후되어 허물지 않으면 안 되니 말이다. 이러한 점에서 옛날 기술이라고 해서 함부로 얕잡아 볼 것이 아니다.

콘크리트의 원시적 형태는 석회와 물을 섞어 빚은 연약한 모르타르mortar였다. 로마인들은 기원전 3세기경 전통적인 모르타르에 포졸라나(pozzolana, 베수비오 화산 근처의 포추올리에서 발견됨)라는 화산재를 섞어서 훨씬 강도 높은 콘크리트를 탄생시켰다. 당시의 대규모 공사에는 지금보다 훨씬 더 많은 인력이 필요했고 실제로 수많은 노예들이 동원되었다. 이와 관련된 기록 중에서 한 가지 흥미로운 점은 장기간 노동을 하는 과정에서 콘크리트 벽에 표시를 남겼다는 점이다. 로마의 건설 현장에서 일을 하던 노예들이 남긴 표시는 주로 자신들의 고향이나 출신 종족을 뜻하는 상징들이었다. 오랫동안 남을 건축물에 기념비처럼 자신의 존재를 알리려는 의도였을까?

콜로세움을 비롯하여 위와 같은 노동의 결과물로 탄생한 수많은 건물들이 현재까지 유지되어 이탈리아와 그리스의 문화유산으로 남아 있고 관광객을 불러 모으고 있다. 이 건축물에 사용된 콘크리트는 지금까지도 건축물이 건재할 수 있을 만큼 견고했고 압축력이 강했지만, 인장력인 약하다는 단점이 드러나면서 중세 이후로는 잘 사용되지 않았다고 한다. 기본적으로 콘크리트는 시멘트에 모래와 자갈 등 골재를 적당히 섞고 물을 넣어서 반죽한 것이기 때문에 양쪽에서 끌어당기는 힘이 작용하면 골재 사이가 서로 벌어져서 구조가 약해지고 만다. 19세기에 이르러서야 이것을 금속으로 보완하는 방법을 사용하게 되었다.

이후 철근을 뼈대로 사용한 철근 콘크리트부터 시작해서 H 형강과 같은 철골을 사용하는 현대적인 공법이 개발되었고 오늘날 콘크리트의 기본 틀을 갖추게 되었다.

진보적인 소재에 대한 믿음

콘크리트 덕분에 도시에 높은 건물이 빼곡히 들어서기 시작했는데 이것이 오히려 부정적인 인상을 주기도 한다. '콘크리트 빌딩 숲'과 같이 비인간적인 생활 공간의 상징에 이용되는 것처럼 말이다. 이에 반해 유리 판재를 사용한 건축은 투명함을 강조해서 세련되면서도 소통이 원활한 듯한 이미지로 인기를 얻었다. 이 때문에 시청이나 구청 같은 공공 기관의 신청사가 유리 상자로 바뀌었고 도시마다 강철과 유리로 된 고층 건물이 콘크리트 건물을 밀어내고 랜드 마크로 들어섰다. 하지만 최근 들어 유리 건축물이 콘크리트 건축물보다 에너지 효율이 크게 떨어진다는 연구 결과가 나와서 효용성을 의심받기 시작했다. 런던에서는 유리로 만든 고층 건물에서 반사된 빛이 주변에 주차한 자동차 일부를 녹아내리게 한 일까지 일어났다.

결국 절대적인 소재라는 것은 있을 수 없다. 그 시대마다 선호하는 소재가 다를 뿐이다. 특정 소재를 선호하는 이유는 합리적인 판단이라기보다는 당대에 주류를 이루던 산업 분야, 특히 정부의 지원을 받는 분야가 따로 있었기 때문이다. 한때는 튼튼하고 저렴하다는 이유로, 또 한때는 친환경적이라는 이유로 각각의 명분에 맞는 소재가 대규모 건설에 투입되어온 것이다. 또한 뛰어난 재료의 문제 해결력보다는 재료가 사회 체제에 잘 편입되는지의 여부도 중요하다. 기술이 공유되고 활용도가 높아져서 그 기술 자체가 유연하게 퍼져 나가야 하는 것이다.

정기용이 흙 건축의 가치에 대해 생각한 것과 마찬가지로 요시다 타로는 친환경 자재가 생태적으로 올바를 뿐 아니라 공동체의 사회적 관계를 키우고 새로운 고용을 통해 지역 경제를 활성화시키는 등 부가적인 가치와 의미를 갖게 된다고 설명한다.

오래된 소재의 재발견이 필요한 이유

생태 건축이라는 관점에서는 흙벽돌과 같은 재료가 의미 있다. 하지만 용적률을 높여야 하는 도시에서는 이를 도저히 수용할 수 없다. 또 쿠바와 같이 로마식 시멘트로 집짓기를 하는 것도 아무 곳에서나 할 수 있는 일이 아니다. 건축은 자재뿐만 아니라 땅의 문제, 즉 부동산의 문제와도 결합되어 있기 때문이다. 또 현대 건축물보다 로마 시대의 건축물이 더 오랫동안 유지될 수 있는 것은 옛 건축물의 소재나 축조 방식이 우수하고 오늘날의 건축 기술이 그보다 뒤떨어졌기 때문은 아니다. 모든 것은 건축물을 오랫동안 유지하고자 하는 의지에 달렸다. 건축물의 의미와 가치를 인정받지 못하면 그 자리에서 오래 버티지 못하는 것이다.

예컨대 동대문 운동장이 헐린 것이 단지 소재의 결함 탓만은 아니다. 그 주변을 둘러싼 이해관계자들과 결정권자들의 의지가 만들어낸 결과인 것이다. 아무리 치열한 논쟁이 오가도 경제적, 정치적 판단에서 동대문 운동장을 굳이 보전할 이유가 없다고 판단되면 가차 없이 허물어버린다. 지은 지 오래되지 않은 집과 건물이 이와 비슷한 이유로 속속 사라지고 있다.

고대의 건축물에 작업자들이 남긴 표시와 같이 사소하지만 소중한 흔적부터 흙벽돌이나 콘크리트를 둘러싼 지속 가능한 사회의 가치들이 감정 없이 소멸되는 것 같다. 오래전부터 지속 가능성이 강조되고 있지만 지속 가능하기 위한 소재의 조건을 생태성과 견고함에서 찾는 것은 적절하지 않아 보인다. 소재 논의에 치중하다보면 지속 가능성을 방해하는 요인들을 놓치게 되기 때문이다. 진정으로 지속 가능한 건축과 사회를 꿈꾼다면 새로운 소재에 대한 막연한 믿음보다는 오래된 소재를 돌아보고 그 소재가 가진 잠재력을 발굴해나가는 것이 지혜로운 판단이 되지 않을까?

"결국 절대적인 소재라는 것은 있을 수 없다."

사물 이야기
다섯

숨겨진 디테일의

미. 학.

●

짧은 다리의 속사정

리 모 콘 의 보 스

긁힘을 방지하기 위한 노력들

제품은 포장을 뜯는 순간 그 가치가 급격히 하락한다. 그야말로 '중고' 신세가 되는 것이다. 중고를 팔 때는 제대로 작동하느냐의 문제를 떠나서 외관이 '양호'하다는 판단이 들지 않으면 제값을 받기 어렵다.

외관 중에서도 표면에 난 흠집이 가장 먼저 눈에 들어온다. 어른들이 물건을 험하게 다루는 것에 그토록 민감했던 이유도 혹시 모를 중고 판매를 고려한 처사였을지도 모른다. 물건을 조심조심 사용하기가 어렵다면 제품 표면에 붙은 보호용 비닐을 아예 떼지 않고 사용하는 방법이 있다. 작은 전자 제품에 붙은 비닐은 물론이고 새 자동차를 구입하고도 한동안 시트 비닐을 그대로 두는 것처럼 말이다. 자동차 문짝에 붙은 하늘색 스펀지를 몇 달씩 떼어내지 않는 일도 흔하다.

한편 적극적으로 제품의 표면을 보호하기도 한다. 예컨대 휴대전화를 사면 가장 먼저 하는 일이 액정 보호용 필름을 사서 기포 하나 없이 깔끔하게 붙이는 것이다. 리모컨에 랩을 씌워둔다는 사람도 있었다. 손에 쥐었다가 아무 데나 던져놓기 때문에 금방 때가 타고 버튼에 쓰인 글자가 잘 지워지기 때문이라고 했다. 집집마다 텔레비전, 오디오, 에어컨, 심지어 전등 스위치까지 원격으로 조정되는 장치가 하나 이상은 있고 그러한 장치들과 세트인 갖가지 모양의 리모컨이 여러 개 굴러다니니 그 심정도 이해가 간다.

리모컨은 제조 회사가 다르고 조작하는 범위도 달라서 크기가 제각각이다. 하지만 바닥에 닿는 면에 볼록하게 도드라진 부분이 있다는 점은 똑같다. 방바닥이나 테이블 여기저기를 굴러다니는 신세지만 이러한 리모컨의 바닥에는 재밌는 요소가 숨어 있다. 리모컨은 다른 물건과 달리 바닥에 닿는 면이 상대적으로 넓기 때문에 바닥면에 긁힘을 방지하는 아주 짧은 '다리' 비슷한 것이 달려 있다.

리모컨의 이유 있는 짧은 다리

신체 비례로 사람의 외모를 판단하게 되면서 상대적으로 긴 다리는 일종의 미덕이 되었다. 긴 다리에 대한 집착이 한창일 무렵 다리가 길어 보이는 교복까지 등장했을 정도였다. '롱다리'가 그러한 우성 인자를 지칭한다면 이와 반대로 짧은 다리를 놀리는 '장롱다리'라는 말도 유행했다. 그런데 이보다 더 심하게 짧은 다리의 최상급 표현으로 '리모컨 다리'가 있었다. 어쩌다가 리모컨 다리까지 등장하게 되었는지는 몰라도 사물이 가지고 있는 다리 중에 리모컨 다리가 가장 짧은 것임에는 틀림없다.

사실 리모컨 바닥면의 돌기 부분은 '다리'라고 부르기가 민망하다. 굳이 명칭을 찾자면 '보스boss' 정도가 될 것이다. 원래 보스는 플라스틱 성형품의 강도를 높이기 위해 지지대를 세우는 방법 중 하나다. 가전제품의 케이스를 열어서 안쪽을 보면 겉과 달리 가로 세로로 촘촘한 얇은 벽이 복잡한 구조를 이루고 있는데, 플라스틱이 뒤틀리지 않도록 하는 격자 벽인 리브rib 와 볼트를 조립할 수 있도록 원기둥 모양으로 두껍게 올라온 보스를 발견할 수 있다.

리모컨에 굳이 긴 다리를 달아둘 필요는 없으니 짧은 다리, 즉 보스를 살짝 두는 것일 뿐인데 단신의 대명사로 취급받는 것에 대해 억울할 수도 있겠다. 리모컨뿐 아니라 바닥에 면으로 닿는 물건은 모두 이와 비슷한 돌기를 가지고 있다. 테이블 위만 보더라도 컵, 그릇, 수저통과 같은 물건의 바닥면이 테이블에 전면적으로 닿는 일은 찾아보기 어렵고 어떤 식으로든 바닥에 돌기가 있다.

리브
공학에서는 구조물의 하중을 지탱해주는 보강대를 뜻하는데, 플라스틱으로 만든 제품에서는 평면이 뒤틀리지 않도록 볼록하게 솟아난 부분을 말한다.

바닥에서 살짝 띄우기

면으로 테이블에 닿는 것보다는 점이나 선으로 닿도록 하는 것이 상식이다. 물건의 바닥면과 테이블 윗면의 접촉면이 넓어질수록 마찰력이 커지고 움직이기 어렵기 때문이다. 또 물건을 집기 편하려면 바닥이 살짝 들려 있는 것이 유리하다. 무엇보다 면과 면이 닿아서 긁힘이 생기는 것은 보기에도 좋지 않을뿐더러 오래 사용하기 어렵다. 이러한 연유로 다리를 만들게 되었는데, 그저 넘어지지 않을 정도로 최소한의 부분만 접촉시켜 혹여 닳더라도 접촉 부분만 희생되게 한 것이다.

물건의 바닥면을 살짝 띄우는 것은 여러모로 유용하며 리모컨도 예외가 아니다. 테이블에 물건이 놓여 있으면 뒤집어보면서 바닥면을 띄우기 위해 세심한 노력을 들인 디자인을 관찰하고는 한다. 식당에 가면 테이블 위의 물건뿐 아니라 의자를 기울여 테이블 아래쪽을 들여다보기도 한다. 정품인지 '짝퉁'인지 확인하려는 목적도 있지만 눈에 띄지 않는 부분을 어떻게 처리했는지 보려는 것이다. 어차피 식당에서 음식이 나오려면 시간이 걸리니 그 사이에 그릇의 밑바닥도 한번 살펴보고 옆자리 의자도 들춰본다.

사물의 디테일은 늘 호기심을 자극한다. '이곳에는 왜 구멍

이 뚫려 있을까, 이 부분은 왜 볼록할까, 저것은 왜 오목할까'
하는 따위의 의문이 생긴다. 그것이 디자인할 때 도움이 된다
거나 물질문화에 대한 통찰력을 갖는 데 일조하리라 크게 기
대하지는 않는다. 그냥 본능적으로 주변에 관심을 갖는 것일
뿐이다. 바닥면을 띄우기 위한 작은 부분도 그러한 호기심의
발로다.

중고의 품격

물건의 외관을 새것처럼 유지하기 위해 이런저런 방법을 사용
하지만 오래될수록 더 빛나는 것도 있다. 예컨대 클래식 가구
나 카메라는 낡은 부분이 연륜으로 인식되어 오히려 득이 되
고 새것보다 더 비싼 경우도 있다. 빈티지 컬렉션이 꾸준히 인
기를 얻고 있고, 인테리어에서도 빈티지 스타일을 대체할 새
로운 대안이 없어서 당분간 이러한 분위기가 지속될 것이다.

물 빠진 청바지는 오래되었음을 강조하는 아주 특이한 사
례다. 물론 정말로 오래 입어서 물이 빠진 경우는 별로 보지
못했다. 대부분 화학적으로 탈색한 '새 청바지'를 사서 입는
다. 심지어 기계로 두들기는 등 인위적으로 천을 마모시켜 해

진 부분이 생기게 함으로써 낡은 느낌을 만들어낸 청바지도 있다고 한다.

청소년기에는 새로 산 옷이나 신발이 부담스러웠다. 뻣뻣한 천과 가죽 탓에 거동이 불편하고 발뒤꿈치가 까지는 일이 있어서도 그렇지만 친구들 사이에서 괜히 새것을 티내는 것 같아 쑥스러운 탓도 있었다. 새 운동화를 신고 온 친구의 발등을 밟는 짓궂은 장난이 한동안 유행하기도 했는데 새 신발에는 으레 그렇게 해야 부정 타는 일이 없다는 속설 때문이었다.

어쨌든 이러한 예를 떠올려볼 때 표면이 긁히고 상처가 있는 것이 반드시 그 물건의 가치를 떨어뜨리는 요인은 아니다.

리모컨의 추억

앞으로 긁힘을 방지하는 문제는 그다지 중요하지 않을 것 같다. 리모컨이 예전과는 다른 모습으로 바뀌고 있기 때문이다. 인터페이스를 개선해서 몇 개의 버튼으로도 조작할 수 있게 하는 것이 있는가 하면 컴퓨터 키보드 형식으로 된 것도 있다. 버튼 없이 터치스크린으로 작동하기도 한다. 리모컨 버튼과 함께 '다리'도 점차 사라지고 있다.

어쩌면 미래에는 리모컨이라는 별도의 도구가 필요 없을 수도 있다. 리모컨 대신에 스마트폰이나 태블릿에서 어플리케이션으로 원하는 작업을 처리할 수 있고 사람의 손동작이나 음성으로도 가전제품을 작동시킬 수 있다. 여러 개의 리모컨을 통합하는 움직임이 스마트 기기를 통해 해결하는 방향으로 흘러가고 더 나아가 아무런 별도의 기기가 필요 없는 상태로까지 바뀔 것이다. 실제로 최근에는 '동작gesture'에 대한 관심이 높아지고 있다.

오직 한 기기와 일대일로 연계된 조정 장치가 있는 것이 당연하던 때가 점점 사라지는 추세다. 집안 어딘가에서 짧은 다리로 굴러다니는 리모컨으로 버튼을 꾹꾹 눌러서 멀리 떨어진 해당 사물을 통제하는 과정은 추억 속으로 사라질지도 모르겠다.

●

왕
창
찍
어
내
기
_____
파　티　라　인

대량 생산의 낙인

겨울철 길거리에 풍기는 구수한 냄새를 따라가면 밀가루와 팥으로 구워낸 붕어빵이 있다. 요즘은 '잉어빵, 국화빵, 만주' 등 이름과 모양이 다양해졌지만 맛은 여전히 붕어빵과 비슷하다. 붕어빵은 오랫동안 사랑받은 겨울 간식거리다. 붕어빵이 만들어지는 과정은 대량 생산 체제와 닮아 있다. 밀가루 반죽을 주입하는 것은 플라스틱 알갱이나 알루미늄 덩어리가 녹아들어 주입injection˙되는 과정과 유사하기 때문이다. 게다가 붕어빵의 가장자리는 제품의 파팅 라인parting line과 똑같다. 파팅 라인은 제품을 주형하느라 틀이 붙었다 떨어질 때 생기는 자국으로 '분리선'이라 번역된다. 이를 붕어빵에 적용시키면 붕어빵의 위아래틀이 만나는 지점이 해당될 것이다.

파팅 라인은 금형으로 생산된 제품이라면 피할 수 없는 흔적으로 주변의 물건에서 이러한 대량 생산의 흔적을 어렵지 않게 찾을 수 있다. 사실 파팅 라인은 지극히 자연스러운 흔적이다. 쇳덩어리를 아무리 정밀하게 깎아내도 두 덩어리가 붙었다 떨어졌다 하는 과정에서 아무런 티가 나지 않을 수 없지 않은가.

하지만 상품으로 내놓을 때는 그 흔적이 거슬리는 탓에 눈에

˙**주입**
금형에 플라스틱, 알루미늄 등 가소성 재료를 녹여서 넣는 과정.

잘 띄지 않는 쪽에 선이 생기도록 설계한다. 디자이너나 엔지니어에게 있어서 파팅 라인을 교묘하게 배치하는 것은 갖춰야 할 설계 능력 중 하나다. 따라서 디자이너들이 어떤 제품을 보고 파팅 라인을 찾아내면서 그 제품 설계자의 감각을 판단하는 일은 흔하다. 20세기 초 대량 생산의 마스터 모델의 창작자로서 산업디자이너라는 직업이 탄생했으니 이러한 관찰 행태는 100여 년을 이어온 산업디자이너의 본능이라고 할 수 있다. 그리고 제품의 파팅 라인은 불과 100여 년 전에 본격적으로 시작된 대량 생산의 증거이자 금형에서 성형된 제품임을 드러내는 낙인인 셈이다.

제조 시간 단축의 딜레마

물량이 충분해야 한다는 조건은 제조업 중심의 산업 구조에서 중요한 부분이다. 이른바 '규모의 경제economies of scale'를 고려하지 않을 수 없기 때문이다. 경제 이론을 떠나서 초기 비용 투자 후 제품을 많이 만들면 만들수록 평균 비용이 줄어들고 가격 경쟁력이 강화된다는 사실은 쉽게 알 수 있는 사실이다. 생산자 입장에서만이 아니라 소비자들도 수요가 많으면 가격이 떨어진다는 사실을 눈치챈 지 오래다. 이것이 '뭉치면 싸다'라는 논리로 이어져서 공동 구매가 유행했고 지금은 소셜 커머스social commerce 가 한창 인기를 누리고 있다.

•소셜 커머스
소셜 미디어와 온라인 미디어를 활용하는 전자 상거래의 일종. 2005년에 야후에서 처음 소개되었고 국내 사례로는 티켓몬스터, 쿠팡 등이 있다.

수요를 충족시키기 위해서든, 생산 단가를 낮추기 위해서든 제품을 더 많이 찍어내는 데 있어서 관건은 속도다. 물건의 공급 속도를 높이기 위해서는 24시간 동안 기계를 쉴 새 없이 가동시켜야 하고 그것도 모자라면 기계를 더 갖추면 된다. 하지만 기계를 더 갖추려면 재투자를 해야 하는 부담이 있기 때문에 물건 하나하나를 만드는 속도, 즉 '찍어내는' 속도를 단축시키는 방법이 최선이라 할 수 있다.

어떤 물건이든 저마다 정상적인 생산 속도가 있다. 다시 말해 적정한 수준까지 압력과 온도가 올라갔다가 다시 내려오는 과정을 거치면서 걸리는 시간이 있다. 이것은 건물을 세우는 것과 크게 다르지 않다. 건축에서 공사 기간construction period을 지켜야 하듯이 제품 생산도 충분한 생산 조건을 갖추고 완성되는 제조 시간running time을 지켜야 하는 것이다. 하지만 제품을 더 많이 만들려는 목표를 세우고 제조 시간을 단축하게 되면 문제가 생길 수 있다. 플라스틱이든, 금속이든, 세라믹이든 소재와 상관없이 성형이 제대로 되지 않아 빈 공간이 생기고 표면이 부분적으로 함몰되는 경우가 발생한다. 파팅 라인도 일정하지 않으며, 금형을 오래 사용해서 노후하면 파팅 라인이 더 뚜렷해져 물건의 외관이 보기 싫게 된다.

파팅 라인, 대량 생산과 대량 소비의 흔적

물건을 많이 만든다는 것은 많이 팔 것을 전제로 한다. 팔리지도 않을 것을 많이 만들 이유는 없지 않은가. 그런데 경쟁 시장에서 살아남으려면 값싼 제품으로 승부를 걸어야 하기 때문에 판매량이 적다고 해도 대량 생산 체제를 갖추지 않을 수 없다. 결국 팔리지 않는 제품을 처분하기 위해서 덤핑하고 끼워 팔기도 한다. 하나 사면 하나를 더 주는 '1+1' 제품부터 여러 종류를 세트로 포장한 제품까지 판매 촉진을 위한 갖가지 진풍경이 판매 현장에서 벌어진다.

왕창 찍어내기는 생산, 유통, 판매의 단계에서 물량으로 밀어붙이는 현상을 이어간다. 할인된 가격에 현혹되어 덜컥 장만한 물건을 집안 곳곳에 쌓아둔 경험이 한두 번쯤 있을 것이다. 설령 판매점을 방문하지 않더라도 홈쇼핑과 인터넷이라는 매개체가 있어 집 안에서도 끊임없이 무언가를 주문하게 만들고 있으니, 공장이 돌아가도록 끌어주고 밀어주는 힘이 일상생활에서 다방면으로 작용한다.

이에 반해 수요가 적은 고급 제품은 가격이 높다. 소위 말하는 고급 제품은 초기 설비 투자 비용은 적게 들지만 제작 수량이 상대적으로 적기 때문에 수작업에 의존하는 경우가 많다. 뿐만 아니라 수요가 늘어난다고 해서 거기에 맞춰 무작정 생산을 늘릴 수도 없다. 알루미늄을 선반으로 깎아서 만든 오디오라든가 나무를 재단해서 하나하나 짜 맞춘 가구는 숙련된 제작자가 작업할 수 있는 한계가 있기 때문이다. 물론 이들 제품에는 파팅 라인이 존재하지 않는다.

3D 프린팅의 등장

1990년대만 해도 다품종 소량 생산이라는 말이 유행했다. 이는 대량 생산의 폐해를 조금이나마 벗어나려는 일종의 수정 산업주의적인 표현이라고 할 수 있다. 하지만 이제는 소량도 의미가 없고 제품을 하나씩 만들 수 있게 되었다. 아직은 간단한 물건에 국한된 이야기이기는 하지만 디지털 제조 digital fabrication가 가능해졌기 때문이다.

3D 프린팅*은 생산보다는 출력에 더 가깝다. 잉크젯 프린터가 잉크를 종이 표면에 분사하듯이 3D 프린터는 고분자 물질이나 금속 가루를 분사해서 층층이 쌓고 굳힌다. 얼마전 3D 프린터로 총을 만든 사례가 보도되자 이 기술이 지닌 어마어마한 가능성과 동시에 공포심을 유발시켰다. 코디 윌슨 Cody Wilson이라는 대학생이 만든 단체인 디펜스 디스트리뷰티드Defense distributed에서는 이미 소총의 부품을 3D 프린터로 제작해서 시험 사격까지 마친 상태다. 미국 정부는 차세대 제조업 혁명의 핵심으로 3D 기술을 손꼽았고 국내에서도 지원 정책을 준비하고 있다.

대량 생산 체제의 변화와 같은 큰 쟁점을 떠나서 개인적으로는 파팅 라인이 사라지는 것에 관심이 간다. 공업 생산품의 한결같은 특징이었던 파팅 라인이 없어진다는 것은 붕어빵과 같은 구조에서 벗어난다는 뜻이다. 즉, 제품 성형 과정이 끝난 뒤 금형에서 쉽게 떨어져 나오도록 형태를 고민할 필요가 없어지고 여러 부품을 조합해서 입체물을 만드는 부담도 덜게 된다. 또한 파팅 라인과 조립 부분이 사라진 물건에서는 이전 공업 생산품의 촉감을 느낄 수 없을 것이다.

동일한 이미지라 해도 오프셋 인쇄 과정을 거친 인쇄물과

*3D 프린팅
3D 도면을 바탕으로 3차원 물체를 만들어내는 과정.

가정용 프린터로 뽑은 출력물이 다르듯이 대량 생산된 제품과 3D 프린팅된 물건은 각기 다른 특징을 갖고 있다. 또 대량 생산을 하기 위해 디자인하는 방법과 3D 프린팅에 적합하게 디자인하는 방법도 확연히 다르다.

복제 기술의 종말?

3D 프린팅 기술에 그보다 더 업그레이드된 기술이 개발된다고 해도 복제 기술이 완전히 사라지기야 하겠는가. 적어도 지금까지는 '세계의 공장'이 필요할 지경까지 물량을 끌어올려야 한다는 논리가 압도적이었다. 디지털 제조와 같은 변화로 인해 앞으로는 풍부한 원자재와 값싼 노동력을 찾아서 전 세계를 헤매던 동력이 힘을 잃게 될까? 값싼 물건을 만들고 값싼 작물을 재배하며 엄청난 물량을 확보하던 단일 생산의 힘이 이제 한풀 꺾일까? 물론 복제 기술이 수십 년 내에 완전히 사라지는 것은 아닐 것이다. 그렇다 해도 부분적으로나마 다양성이 복구되는 것이라면 실낱같은 희망이 있는 것 같다.

철학자 한병철은 〈시간의 향기〉에서 '사물에서 기억을 제거하면 정보가 되고 더 나아가 상품이 된다'라고 설명한다.

이는 정보의 저장은 기억과 역사적 시간의 삭제를 전제로 하기 때문이라고 한다. 한 개인에게 특별한 의미가 있는 사물에는 그것을 사용하던 사람의 경험과 기억이 남아 있다. 이러한 의미에서 한병철은 경험의 문제가 저장의 문제로 몰락한다고 말하는 것이기도 하겠다. 말하자면 사용자와 전혀 무관한 사물, 즉 가격표와 단편적인 기능에 한해서만 의미가 있는 상품이 된 것이다.

이렇게 사물과 상품을 경계 짓는 '기억'은 리들리 스콧Ridely Scott 감독의 영화 '블레이드 러너Blade runner'에서 복제 인간을 판별하는 방법이기도 했다. 복제된 인간들에는 어린 시절의 기억이 없기 때문이다. 던칸 존스Duncan Jones 감독의 영화 '더 문The moon'에서처럼 가짜 기억을 심는 방법도 있겠다. 인간 복제의 문제로까지 가는 것은 감당할 수 없는 일이니 다시 사물로 돌아오자. 훗날 산업 사회의 생산 방식이 거의 사라진 뒤 우연히 파팅 라인이 남아 있는 사물을 접하게 된다면 세계의 공장이 무서운 속도로 돌아가던 시절이 아득한 추억처럼 여겨질지도 모를 일이다.

"파팅 라인은 제품을 주형하느라 틀이 붙었다 떨어질 때 생기는
자국으로 '분리선'이라 번역된다."

●

디
자
인

모
방

전
쟁

───────────

스 마 트 폰 의   에 지

사물 형태의 진화

모든 사물은 형태에 단서가 있다. 자동차는 엔진과 바퀴를 기본으로 하는 구조에 맞는 형태를 갖는다. 기계 구조가 기본인 사물은 이렇게 핵심 요소들이 단서를 제공한다. 그런데 전기·전자 기술이 도입되면서 형태의 단서가 약해졌다. 대표적인 것이 라디오다. 라디오에서 스피커는 큰 부분을 차지하지만 눈에 보이지 않는 전파를 수신하는 것이기 때문에 특별한 형태가 없다. 그래서 처음에는 장롱처럼 생긴 라디오도 있었고 소파 팔걸이 안에 부착된 라디오도 있었다. 그러다 결국 육면체의 나무 상자로 정리되었고 여기서 조금씩 형태를 변형시켜나갔다.

이후의 가전제품들은 금속이나 플라스틱으로 대체되었지만 대부분 네모진 외형을 크게 벗어나지 않았다. 그래도 텔레비전은 브라운관이, 오디오는 LP판의 직경이, 카세트 플레이어는 카세트테이프가 육면체의 크기에 절대적인 영향을 미쳤다. 이마저도 디지털 기술과 만나면서 새로운 국면을 맞았다. 텔레비전은 디스플레이 패널로 바뀌어 딱히 형태라고 할 것이 없게 되었고, 오디오는 CD가 들어갈 수 있는 정도의 크기만 되어도 충분해졌다. 게다가 MP3 포맷 덕분에 성냥갑만

한 크기의 장치로도 음악을 들을 수 있게 되었다.

전화기 형태의 변화

전화기에 일어난 변화도 여타의 가전제품들 못지않다. 유선
전화기는 다이얼의 회전 반경이 크기에 절대적인 영향을 미
쳤는데, 기계식에서 전자식으로 바뀌면서 전화기의 크기가
자유로워졌다. 여기에 무선 통신 기술까지 접목되자 전화기
는 부유하는 사물이 되었다. 말하자면 예전처럼 특정한 장소
에 놓인 전화기를 가족이 함께 사용한다는 개념이 전화기에
서 사라진 것이다.

전화기의 형태에서 끝까지 남아 있던 단서는 사람의 귀와
입이 닿는 위치였다. 전화기가 가벼워지고 작아져도 듣고 말
하려면 사람의 얼굴에서 귀와 입이 떨어진 거리 그리고 둘 사
이의 각도를 무시할 수 없었다. 그러나 진동판을 이용해서 소
리를 전기 신호로 바꿔주던 송수화기가 센서와 디지털 신호
를 사용하는 스피커와 마이크로폰으로 대체되면서 전화기
가 귀와 입에 가까이 있어야 하는 한계마저 벗어나게 되었다.

전화기 형태의 마지막 단서이자 제약 조건이 약해지자 쉽

사리 육면체로 바뀔 수 있었고, 굳이 얼굴의 곡면을 따라 살짝 꺾여 있거나 입과 귀의 거리만큼 길 필요도 없었다. 그저 작은 막대기 모양이면 충분했다. 이렇게 전화기의 새로운 형태는 납작한 사각형으로 통일되는 듯 싶었다.

스마트폰의 형태 논란

같은 사각형이라도 그 형태는 실로 다양하다. 가로와 세로, 두께의 비례가 다양하고 또 모서리를 얼마나 둥글게 하느냐에 따라 사각형의 느낌이 달라진다. 결과적으로 보면 추상적인 '사각형'을 구체적인 형태와 세련된 제품으로 바꾸어 표준화한 것이 아이팟iPod이었다.

익히 알려진 대로 이 사각형이라는 형태가 애플과 삼성의 소송이 시작된 지점이다. 2012년부터 애플이 삼성을 제소한 부분은 스마트폰을 조작하는 인터페이스, UX 디자인에 관한 것 등 광범위하다. 그중 사람들에게 가장 많이 알려진 내용은 외형에 관한 것이었다. 즉, 삼성이 사각형의 모서리가 둥글게 처리된 애플의 제품을 모방했다는 점이다. 이에 대해 세상에 네모난 물건이 얼마나 많은데 그걸로 문제를 삼느냐, 그러면 스마트폰을 세모나 동그라미로 만들어야 하느냐는 등의 이의가 제기되기도 했다. 스마트폰의 모양이 소송의 핵심은 아니었지만 유독 사람들의 기억에 남은 이유는 제품의 외형, 특히 모서리가 둥근 사각형이 모방의 상징적인 부분으로 인식된 때문이 아닌가 한다.

특허청 사무관이자 디자인 연구자인 김종균도 〈디자인 전쟁〉에서 애플이 제기한 침해 내용 중 대부분이 상표와 디자인의 문제였다는 점에 주목했다. 미국에서 제소한 19건의 지식 재산권 중에서 7건이 발명 특허이기는 했지만 그것도 UI, UX 디자인에 대한 특허라고 한다. 스마트폰 하나에는 대략 7만 건의 특허가 들어가는데 결국 사람들이 스마트폰을 선택할 때는 눈으로 보거나 손으로 만져보고 작동하는 것, 즉 외형과 인터페이스 부분에 가장 큰 신경을 쓴다는 것을 알 수 있다.

여러 기술적인 특허와 디자인권을 둘러싼 침해 논란은 몹시 전문적이다보니 대중적으로는 애플의 아이폰이 선점한 외곽선을 기준으로 비슷한지, 아닌지를 판단하게 된다. 그로 인해 다른 브랜드의 스마트폰은 오해를 사지 않기 위해 조금씩 다른 '사각형'을 만들어내야 했다. 사각형의 디스플레이를

베젤
특정한 부품을 감싸거
나 둘러싼 부분을 말하
는데 최근에는 TV나 스
마트폰의 화면을 둘러
싸는 금속 또는 플라스
틱 부분을 뜻하는 용어
로 사용된다.

둘러싼 프레임, 즉 베젤bezel은 사각형 틀을 벗어날 수 없는 운명이다.

전화기가 오래전에 가지고 있던 다이얼의 회전 반경, 송수화기의 간격이라는 단서이자 제약 조건을 벗어난 뒤에도 '디스플레이'라는 새로운 제약이 생성된 셈이다. 게다가 사각형이면서 다른 제품과 조금이라도 달라야 하는 기구한 운명까지 덤으로 얻게 되었다.

스마트폰의 에지 논쟁

트레이드 드레스
지적 재산권 용어로서
제품의 고유한 이미지
를 형성하는 색채, 크기,
모양 등을 뜻한다. 상표
법, 디자인 보호법 등의
법률로 보호받고 있다.

트레이드 마크
사업자가 타인의 상품
과 식별하기 위하여 자
사의 상품에 사용하는
독창적인 표지. '상표(商
標)'라고 불리는데 상인
이 영업상 자기를 표시
하기 위한 명칭인 '상호'
와는 구별된다.

애플과 삼성의 소송을 비롯해 이제는 사각형이 다 같은 사각형이 아닌 세상이 되었다. '에지edge'를 비슷하게 만들기만 해도 1조 원이 걸린 전쟁을 각오해야 하는 것이다. 삼성과 애플 소송 덕분에 널리 알려지게 된 용어가 '트레이드 드레스trade dress'다. 상표가 '트레이드 마크trade mark'라면 제품의 전체 외형은 트레이드 드레스가 된다. 흔히 사용하는 말로 바꾸면 '룩 앤 필look and feel', 즉 전체적인 외관과 느낌인데 이것을 지식 재산권으로 보호하는 것이 미국에서 가능해진 것이다. 그동안 얼른 베껴서 재미를 봐온 기업들에게 강력한 차단막을 친 셈이다.

선두 기업이 '에지' 있는 디자인을 내놓고 지식 재산권으로 묶어버리면 후발 기업의 제품은 선점된 이미지를 피하느라 에지 없는 디자인을 갖게 되고 만다. '느낌'이 비슷해도 안 되는 것이니 스마트폰을 비롯한 모바일 기기의 둥그런 모서리가 일으킨 파장은 실로 엄청나다.

꼬리에 꼬리를 무는 모방

〈베끼려면 제대로 베껴라〉의 저자 이노우에 다쓰히코井上達彦는 두 종류의 모방이 있다고 한다. 하나는 자신을 발전시키기 위해 자신과 거리가 멀리 떨어진 세계에서 의외의 것을 배워오는 형태의 모방이다. 비즈니스적인 관점에서 말하면 뛰어난 모델을 통해 영감을 얻은 다음 독자적인 구조를 구축해가는 형태의 모방이라 할 수 있다. 그리고 다른 하나의 창조적인 모방은 고객의 편익을 위해 나쁜 본보기에서 좋은 교훈을 얻어내는 모방이다. 이 형태는 업계의 나쁜 관행을 반면교사(反面教師, 부정적인 면에서 깨달음을 얻는 것)로 이용해 혁신을 일으키는 일을 포함하고 있다.

그는 또한 한국어판 서문에서 애플의 문제를 조심스럽게 언급했다. 우리나라 독자를 의식해서인지 애플이 초기에 모방했던 사례를 소개하기도 한다. 애플이 설립된 지 얼마 안 됐을 무렵 기업 성장의 원동력이 된 그들의 PC인 매킨토시 Macintosh는 제록스Xerox의 팔로알토Palo Alto 연구소가 개발한 그래픽 유저 인터페이스graphic user interface *나 마우스라는 입력 장치를 모방해 탄생한 것이다. 그리고 우리나라 기업도 모방을 잘한다고 언급하면서 모방 덕분에 위대한 기업으로 약진하고 진화하고 있는 것이라는 견해도 덧붙였다.

'해 아래 새것이 없다'라는 논리로 보자면 모방이 그리 문제될 것은 아니다. 하지만 현실은 그리 너그럽지 않다. 모바일의 에지 논쟁은 어쩌면 앞으로 일어날 갖가지 황당한 일의 예고편에 불과한 것인지도 모른다. 사물의 형태를 끌어낼 단서가 점점 사라지는 시대에 간결한 형태는 불가피하다. 결국 다른 것과 똑같아 보이지 않기 위한 뾰족한 수가 없는 것이다. 혁신을 먼저 내놓는 기업이 승자가 되고 나머지는 어떻게 해도 모방했다는 혐의를 받을 수밖에 없는 것이 현실이다.

* 그래픽 유저 인터페이스
컴퓨터를 사용하면서 그림으로 된 화면 위의 물체나 틀, 색상과 같은 그래픽 요소를 특정한 기능과 용도를 나타내기 위해 고안된 사용자를 위한 컴퓨터 인터페이스.

●

자
투
리

없
애
기

책 상 의 크 기

책상의 크기가 정해지는 방식

대부분의 책상은 폭이 120cm로 되어 있다. 회사가 달라도 그 크기는 크게 차이가 나지 않는다. 아마도 120cm라는 것이 책상을 사용하기 적절하거나 공간의 효율성을 고려한 최적의 크기이기 때문이라고 생각할 수도 있다. 하지만 실제로는 책상 재료의 크기가 책상의 크기를 결정하는 주된 요인이다. 판재의 원재료 크기는 가로 120cm, 세로 240cm로 규격을 맞추고 있다. 가구를 직접 만들어보면 합판 한 장으로 몇 조각을 낼지 생각하면서 자르며 되도록이면 자투리를 남기지 않으려 애쓴다. 반대로 합판이 조금 모자라서 한 장을 더 사는 것은 비용 면에서 효율적이지 않다.

책상을 만드는 공장에서도 마찬가지다. 책상 폭을 120cm로 하면 판재 한 장에서 자투리 없이 책상 상판을 네 조각을 만들 수 있지만, 폭을 125cm로 하면 어떻게 해도 두 조각밖에 만들어내지 못한다. 5cm만 늘인 것인데도 원가는 두 배가 되는 셈이다. 누구라도 그러한 부담을 감수하면서까지 유별난 치수를 정하지는 않을 것이다.

폭 120cm, 깊이 60cm의 책상은 원판의 크기를 잘라 만든 치수를 따른 결과이기는 하지만 사람들에게 익숙해졌다는 사실이 책상의 크기를 좌우하는 데 큰 역할을 했다. 사무실에서 책상을 배열할 때도 원판의 크기를 기준으로 하게 되고 사람들도 그 정도의 공간을 이용하는 일을 당연한 것으로 받아들이고 있다. 물론 140cm, 160cm의 폭을 가진 책상도 있지만 주로 직책이 높은 사람의 책상으로 사용되고는 한다. 이와 같은 크기로 된 책상을 제작할 때는 자투리가 남더라도 그만큼 가격을 높이면 되기 때문에 가구 회사에서 손해 볼 일은 없다.

재료의 손실률 낮추기

재료의 손실률을 낮추는 것은 제품을 디자인할 때 고민스러우면서도 도전적인 부분이다. 경제적일 뿐만 아니라 자원 낭비를 줄일 수 있다는 이점도 분명히 있기 때문이다. 경제적이라는 것은 제품의 가격도 그만큼 낮춰질 가능성이 크다는 것이므로 제품을 구입하는 사람들에게도 득이 된다.

손실률을 최소화하는 것은 경제성과 합목적성이라는 고전적인 디자인 원칙에 잘 맞는 미션이다. 자투리를 남기지 않게 치수를 정하는 것도 이 원칙을 따른 것이다. 자투리를 남기지 않는 것은 종이를 자를 때도 중요하다. 4절지, 8절지, 16절지는 흔히 '4×6 전지(788×1090mm)'라고 부르는 전지를 몇 조각으로 자르느냐에 따라 이름을 붙인 것이다. 책의 판형도 경제성과 휴대성을 따져서 정한다. 소설, 인문 서적은 대부분 '국판(148×210mm)'이라고 부르는 A5 판형이나 '신국판(150×225mm)'이라고 부르는 A5 변형판을 사용한다. 이 경우는 4×6 전지 대신에 '국전지(636×939mm)'를 전지로 한다. 지금 책을 보고 있다면 그 책 또한 이처럼 종이의 손실을 줄이기 위해 경제성을 고려해서 크기가 결정된 것이다.

•판형
일반적인 인쇄물 책자의 규격을 일컫는 말. 가로와 세로의 길이를 mm 단위로 표시한다.

　천을 재단할 때도 같은 원칙을 따르는데 가죽 재단 시 특히 중요하다. 소파를 만들고 남는 가죽으로 가방을 만들고 또 남는 것은 허리띠나 지갑을 만들어 자투리를 알뜰하게 활용한다. 손실률을 낮추는 또 다른 방법은 소파든, 옷이든 작은 조각을 이어 붙이는 방식으로 패턴을 디자인하는 것이다. 가죽은 동물의 모양을 따라 생기는 것이니 판재나 종이처럼 원재료에 정해진 규격이 없다. 결국 재단하는 사람이 어떻게 선을 긋고 가위질하는가에 달려 있다. 물론 동물 보호 차원에서 천연 가죽을 사용하지 않아야겠지만 말이다.

같은 부속물을 공유하는 서로 다른 사물들

경제성과 합목적성에 충실하려면 똑같은 크기의 부품을 사용하는 방법도 유익하다. 예컨대 병뚜껑의 경우도 병의 용량에 따라 달라질 것 같지만 사실은 모두 같은 크기의 뚜껑을 사용하는데, 병의 높이와 둘레를 적절한 비례로 설정하고 가장 작은 용량의 뚜껑을 기준으로 통일시킨다. 이는 재고 관리의 용이성 때문이다. 또한 병뚜껑을 병에 조립할 때도 유리하다. 부품마다 크기나 모양에 아주 조금의 차이만 나면 시각적으로 구분이 어려워 조립할 때 오류가 나기 쉽다. 그래서 똑같은 기능을 갖는 부품은 특별한 문제가 없다면 똑같은 크기로 맞춰 공용 부품으로 활용하며, 이렇게 공통분모로 찾은 크기의 부품을 여러 모델에 사용하는 것은 합리적이기도 하다. 이것이 제조 원가에 고스란히 반영되어 가격을 낮추는 데도 도움을 준다.

이미 100여 년 전에 독일의 가전제품 회사 아에게AEG가 생산한 전기 주전자에서 병뚜껑 원리의 기원을 찾을 수 있다. 건축가 페터 베렌스Peter Behrens는 몇 가지 모듈module*로 다양한 전기 주전자를 만들어냈다. 실제로 그만큼 다양한 모델을 디자인한 것이 아니라 본체와 뚜껑을 각각 두 모델로 디자

*모듈
기준 치수와 치수 조정을 위하여 특별히 선정된 치수 단위. 모듈은 모든 재료, 구조, 기능에 대하여 합리적인 치수일 뿐 아니라 사람의 움직임에 대해서도 합리적인 치수여야 한다.

인했고 세 가지 재료(황동, 니켈, 구리)로 생산했을 뿐이다. 총 네 가지를 디자인했지만 서로 다른 모양과 재료의 본체, 뚜껑을 중복 조합하면 36종류의 모델이 나올 수 있다고 한다.

이케아의 방식

다른 제품에 같은 부품을 사용하는 방식은 대부분의 기업들이 익히 사용해왔던 것이다. 그중에서도 저렴한 일상 용품을 판매하는 이케아IKEA사의 가구는 대표적인 사례라 할 수 있다. 가구의 가격을 낮추기 위해서는 여러 면에서 '최적화'가 필요했다. 우선 가격을 낮춰야 하기 때문에 손실률이 낮아야 한다. 운송도 중요한 문제로 컨테이너에 얼마나 많이 넣을 수 있느냐가 관건이다. 크기가 조금만 작다면 한 줄을 더 쌓을 수 있고 그렇지 않다면 공기를 싣고 이동해야 하기 때문이다. 더불어 납작하게 포장하면 운송 비용을 줄일 수 있을 뿐 아니라 창고에 더 많은 물건을 보관할 수 있기 때문에 관리 비용이 줄어든다.

이케아는 소비자가 구입한 물건을 직접 자동차에 싣고 집에 가져가야 하기에 포장 부피를 줄이는 것이 몹시 중요했다.

1943년 설립 당시부터 '가구를 부분 포장하여 크기를 줄인 다면 고객들이 가구점으로 직접 자동차를 몰고 와서 가구를 바로 차에 싣고 집으로 갈 수 있다'라는 생각으로 조립식 가구 시스템이 시작되었다.

어떻게 보면 위와 같은 조건에 의해 제품의 크기가 정해진 다고 할 수 있다. 하지만 그렇다고 자동으로 형태를 잡는 것은 아니며 최적화된 디자인을 하는 것이 당연하다. 기본 디자인 이 끝나면 세부적인 치수를 고민하는데 이때는 1mm도 고민 거리가 될 수 있다. 책상이나 서랍장의 크기를 조금만 바꾸어 도 제품을 훨씬 싼값에 생산할 수 있기 때문이다. 저가 전략을 표방하는 이케아는 이 부분을 매우 중요하게 여긴다. 설립자 인 잉그바르 캄프라드Ingvar Kamprad가 '새로운 제품을 만들기 전에 가격표를 먼저 디자인한다'라고 한 말에 모든 것이 압축 되어 있다. 실제로 이케아의 제품 디자이너들은 생산 시설의 확인을 통해 기술적 가능성과 비용을 미리 파악하는 작업을 거친다고 한다.

합리성의 이면

납작 포장
물건을 운송하고 보관
하기 편하도록 부품을
분리하여 포장하는 방
식. 납작한 사각형 상자
에 포장하여 소비자들
이 직접 조립하도록 하
는 이케아의 가구가 대
표적인 예다.

이케아의 납작 포장flatpacking은 단순함과 효율성의 미학을 창조했다. 갖가지 방식의 자투리 없애기는 기본적으로 합리적인 관리 원칙을 따른다. 이것이 심화되면 재료뿐 아니라 시간도 합리적으로 관리하려 한다.

하지만 합리적인 치수가 적용된 제품이 조악한 제품이 되는 경우도 종종 보게 된다. 단순성, 효율성, 합리성을 다시 생각해보면 과연 누구를 위해, 무엇 때문에 합리적인지가 의문이다. 사실은 사용하는 사람보다는 생산하는 사람의 입장이 더 크게 반영된 것이 아닌가. 합리성이 생산에 투입되는 비용을 낮추기 위한 방편이라는 점은 확실하며, 그 과정에서 가격이 저렴하다는 매력이 두드러지면서 사용자들의 만족감을 높이는 것이다.

그런데 정작 가격을 낮추는 더 큰 요인은 노동을 소비자에게 떠넘기는 데 있다. 소비자가 직접 차를 몰고 땅값이 싼 교외 지역의 공장 같은 큰 매장에서 물건을 고른 다음 그것을 싣고 다시 집으로 와서 설명서를 보면서 물건을 완성한다. 소비자 입장에서는 덕분에 저렴하게 물건을 구입했고 덤으로 만드는 기쁨까지 누리니 얼마나 좋은가. 누이 좋고 매부 좋은

이 관계가 '합리적인' 물건을 만들어낸 것이라 해도 지나치지 않다.

하지만 자투리를 없애는 것에서 시작된 효율성 높은 제품이 자리를 굳히는 사이에 수준 높은 제품을 만날 기회가 상대적으로 줄어들고 있음을 느낀다. 질 좋고 품격 있는 물건을 만나기가 어려워지기 때문이다. 예컨대 책장이나 수납장을 보면 뒤판이 얇아서 선반이 금방 아래로 처지고 만다. 재료의 효율적 사용에 치중한 나머지 섬세하지 않을뿐더러 내구성도 제대로 갖추지 못한 제품을 발견하게 된다.

또한 사무실에 놓이는 사물과 가정에 놓이는 사물에 차이가 거의 없어졌다. 효율적인 치수와 구조로 생산된 제품이 자리를 차지했기 때문이다. 온갖 종류의 물건이 쏟아지는 오늘날은 겉으로는 다양성이 확보된 것 같지만, 사실은 20세기 초에 형성된 표준화의 미덕이 꾸준히 일상 공간을 지배해왔고 사람들은 그 규칙에 익숙해져 있다. 이케아 매장 곳곳에 이케아 제품으로 꾸며놓은 방은 이러한 표준화를 보여주는 한 풍경이다.

가정의 사물은 지속적으로 구조 조정되었다고 할 수 있다. 공간의 맥락이 무의미해진 동일화, 즉 공장의 생산 라인에서 시작된 치수의 규칙이 아주 사적인 곳까지 이어지는 것이다. 사무실의 익숙했던 모듈이 집에서도 똑같이 내 주변에 있을 때 가끔 당혹스러워진다.

●

사
물
을
마
무
리
짓
는
것

───────────

책 의 장 정

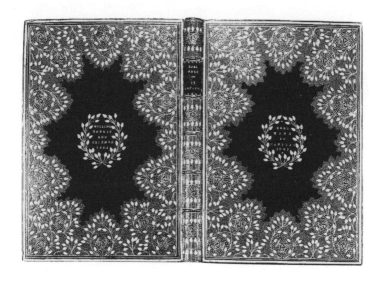

인터페이스의 기본

인터페이스 디자인interface design은 사람과 기계 사이의 사용자 인터페이스를 다루는 디자인 분야로 GUI, 즉 그래픽 유저 인터페이스와 같은 소프트웨어에서의 인터페이스 디자인을 뜻한다. 그래서 사용자 인터페이스를 '인간과 컴퓨터가 서로 소통하기 위한 도구'라고 정의하는 이도 있다.

하지만 사람의 손이 닿는 곳이면 어디에서든 인터페이스를 생각할 수 있다. 예컨대 독일의 디자이너이자 교육자인 기본지페Gui Bonsiepe는 인터페이스를 압정과 가위로 설명한다. 사람의 신체는 연약한 피부로 둘러싸여 있어서 압정과 같이 뾰족한 것을 사용하려면 중간에 매개하는 부분이 필요하다. 즉, 사용자가 엄지손가락으로 누를 수 있도록 표면 처리가 이뤄져야 한다는 것이다. 가위도 마찬가지다. 자르는 기능을 위해서는 날카로운 두 개의 날이 있어야 하지만 가위에 손잡이가 있어야 사람의 신체와 접촉할 수 있다. 따라서 기 본지페는 인터페이스가 도구를 창조한다고 표현한다. 결국 인터페이스가 없으면 도구도 없는 것이라고 할 수 있다.

기 본지페의 논리를 전통적인 사물에 대입해볼 수도 있겠다. 골무를 생각해보자. 옛날 어머니들이 바느질할 때 손가락에 골무를 꼈다. 지금 생각하면 이것이야말로 인터페이스가 분명한 사물이다. 바늘은 실을 물고서 천을 뚫고 지나야 하기 때문에 뾰족한 형태를 유지해야 한다. 이 바늘 머리를 세게 누를 때 손가락 끝을 보호해주는 역할을 하는 것이 골무다. 골무는 가죽이나 천으로 손가락에 씌우는 모자 꼴을 하고 있는데 이어령의 표현대로 영락없는 '방패'다.

사물을 보호하기 위한 인터페이스

그렇다고 사람의 피부가 약하기만 한 것은 아니다. 손이 닿는 곳만 하더라도 땀이나 기름과 같은 분비물 때문에 얼룩이 생긴다. 심지어 사물의 표면이 부식되기도 한다. 그래서 사람 손이 닿는 곳은 특별한 처리를 해둔다. 가위나 압정의 경우와 달리 연약한 사람의 피부를 보호하기보다는 사물의 표면을 보호하려는 것이다. 손이 닿는 곳은 시커멓게 때가 타기 마련이다. 어떤 물건이 온통 깨끗한 흰색이라고 해도 손잡이 부분은 회색 플라스틱이나 스테인리스처럼 다른 색과 질감으로 만들어진 이유도 그 때문이다.

　어릴 때 어머니가 정성스럽게 수를 놓은 천으로 밥통과 냉장고의 손잡이를 만들었다. 심지어는 둥근 문손잡이도 주름 잡힌 천으로 감쌌다. 이러한 덧대기 정성은 거기에서 그치지 않고 책으로까지 이어졌다. 이른 봄 학교에서 교과서를 받은 날은 하루 종일 책에 '커버'를 만들어 씌우느라 분주하게 보냈다. 아주 어릴 때는 철 지난 달력을 뜯어서 봉투 접듯이 씌웠고, 문방구에서 비닐을 팔기 시작할 때부터는 투명한 비닐로 표지를 만들었다. 이러한 책 커버를 만들 때 전개도를 그린 다음 앞뒤 표지를 각각 세 방향에서 감싸다보니 표지 안쪽에는 겹치는 부분이 두꺼워져서 모양이 깔끔하지 않았다. 나중에는 아예 교과서용 비닐 책 표지가 나와서 이러한 수고를 덜게 되었다.

영국의 사상가이자 예술가였던 윌리엄 모리스William Morris는 마르크스Karl Marx의 〈자본Das kapital〉을 손으로 옮겨 쓴 다음 아름다운 장정으로 마감하여 마르크스에게 선물했다고 한다. 이처럼 오래전 장정가들의 정성스러운 작품부터 오늘날 양장 제본에 이르기까지 책의 피부이자 옷과 같은 마감에서 책을 대하는 태도를 읽을 수 있다. 물론 오늘날에는 고급스러움을 강조함으로써 책의 가치를 높이려는 의도적인 측면도 있다.

내구성의 요건

물건과 사람이 직접 닿는 부분뿐 아니라 물건과 물건이 닿는 곳에도 비슷한 매개물이 있다. 문손잡이가 벽에 부딪히는 것을 막기 위한 쿠션이나 뜨거운 냄비로부터 식탁을 보호하는 받침대도 한 예가 될 수 있다. 이러한 요소들은 물건의 파손을 막는 역할을 한다.

특히 의자와 바닥 사이처럼 마찰력이 곧장 발생하는 곳은 의자든, 바닥이든 마모를 방지하기 위한 완충 요소가 필요하다. 한때 테니스공은 의자의 양말 역할을 톡톡히 해냈다. 의자를 떠받치는 프레임은 웬만하면 열십자로 갈라진 테니스공에 그 끝이 넉넉히 들어간다. 이 테니스공 완충재 덕분에 장판 바닥이 국지적으로 눌리지 않고 바닥을 끄는 소리도 나지 않아서 한동안 생활의 지혜로 구전되었다.

하지만 불룩한 형광 연두색 물건이 의자마다 네 개씩 붙은 것이 눈에 거슬리자 테니스공은 의자 굵기에 맞는 펠트 조각으로 대체되었다. 딱딱한 바닥재가 보편적으로 사용되었기 때문에 눌린 자국보다는 바닥 소음과 긁힘만 해결하면 되었기 때문이었다. 바닥에 닿는 부분은 대부분 펠트 조각이나 나일론 계열의 플라스틱 받침대와 같은 것으로 마감되어 있다.

사소해 보이지만 가전제품과 가구의 내구성을 높이는 데 꼭 필요한 요소다. 더구나 공동 주택의 위아래 층 사이에 소음으로 불편함을 겪는 일이 잦아지는 요즘에는 필수다.

장식인가, 군더더기인가

꼭 바닥에 닿지 않아도 빨래 건조대나 커튼 봉처럼 파이프를 잘라낸 재료의 끝부분에는 반드시 덧대는 요소가 있다. 이것은 울타리와 계단의 난간에서도 볼 수 있다. 사각형 또는 원형으로 된 금속 파이프의 끝부분에 '캡cap'을 씌우는데 그것이 없으면 빗물이 고여서 부식되고 만다. 더구나 금속 파이프뿐 아니라 알루미늄 압출로 제작한 프레임은 절단면이 날카롭기 때문에 마감 캡을 씌우지 않으면 몹시 위험하다.

흥미로운 점은 이 마감 캡의 다양한 형태다. 이왕 덧대는 것이니 장식 효과를 내기 위해 이런저런 모양으로 만들었는데 장식이 지나쳐 군더더기로 보이는 경우가 많다. 말 그대로 '모자'를 씌운 것처럼 큼직한 덩어리가 프레임 위를 덮기도 한다.

어느 지하철역과 기차역에서 아주 극단적인 사례를 발견

한 적이 있다. 스테인리스 봉으로 난간을 만들었는데 금속 파이프로 만든 난간이 그렇듯 이 또한 마감 캡을 씌웠다. 대개는 플라스틱 사출물을 씌우는데 그 역의 난간에는 둥근 형태의 스테인리스를 덮었다. 문제는 지팡이 위에 큰 공을 올려놓은 것처럼 과한 장식을 했다는 것이다. 또 다른 곳에서는 꽃봉오리 모양의 황동 주물을 씌워둔 것을 보기도 했다. 아무리봐도 위의 경우들은 특별히 쓰임새가 있다기보다는 장식을위해서 지나치게 과장한 것에 지나지 않는다.

제대로 된 마무리의 중요성

어떤 사물을 판단하는 것은 손이 닿고 눈길이 머무는 바로 그지점이다. 그때 아름답다고 느낄만한 것에 감동한다. 때로는무심코 지나치기도 한다. 어떤 이는 사물의 가치를 전자에서발견하겠지만 사실은 후자의 경우가 더 의미 있다. 무심히 지나친다는 것은 그만큼 자연스럽다는 뜻이기 때문이다. 거슬리지도 않고 과한 느낌 없이 마무리하려면 세심하게 신경 써야 한다. 사용자의 피부를 상하지 않게 다듬어져 있어야 하고사람들이 공감할 정도의 절제된 장식이 달려 있어야 한다. 한

병철 식으로 표현하면 '심심한 아름다움' 정도가 될 것이다.

이는 생산자의 감각과 태도가 중요한 출발점이 됨을 시사한다. 책만 보더라도 오늘날 예전의 장정과 같은 기대를 갖기 어렵다. 책의 표지는 이제 이른바 '띠지*'에 가려져 있고 책을 집어들 때 손과 닿는 것은 표지 위에 코팅된 얇은 비닐막 정도가 전부다. 이것은 실제 책을 읽고 서가에 꽂아놓는 것에 의미를 둔 것이기보다는 책이 서점에 진열되었을 때 독자의 구매욕을 일으키도록 하려는 의도가 더 강하기 때문이다. 더구나 인터넷에서 책을 주문하는 사람에게 책 표지의 질감과 책등의 섬세함은 별다른 의미가 없다. 이때의 인터페이스는 앞표지의 이미지 정도가 된다. 결론적으로 책의 외피가 변화하는 데에는 독자의 감각과 태도도 한몫을 하는 셈이다.

의자를 비롯한 가구의 바닥면, 난간과 펜스의 금속 파이프 끝부분이 물리적으로나 시각적으로 완성도 있게 마감되는 것도 생산자와 소비자 또는 사용자 공동의 인식이 낳은 결과라고 할 수 있다. 저렴한 일상 용품을 난데없이 값비싼 장식으로 마감하는 것, 확대 해석하면 부실한 내용을 요란한 이미지로 입막음하는 것이 현재의 수준은 아닌지.

*띠지
띠 모양의 종이를 말하는데 단행본의 겉장에 두르는 띠 모양의 종이를 가리키는 말로 활용되고 있다.

사물 이야기

여섯

관계와 상호작용의

의. 미.

●

가
게

주
인
과

행
인

―――――――

간   판

간판 개조하기

인문학자 도정일은 '인문학, 관계의 건축술'이라는 글에서 정
현종 시인의 시를 끌어와 '관계'에서 사랑과 우정이라는 섬이
솟아난다고 설명한다.

"내가 건축하는 관계, 내가 만드는 섬은 나와 너 사이에, 나와 남
들 사이에 내가 정성껏 피워 올리는 한 포기 신성한 꽃은 아닐 것
인가?"

사물을 디자인하는 일은 이 인문학자가 말하는 관계의 꽃
을 만드는 일과 비슷한 것 같다.

하지만 일상 공간에서 사람과 사물 사이의 낭만적인 관계
를 찾는 일은 쉽지 않아 보인다. 어떤 때는 불편한 관계를 인
위적으로 개선하려고 애쓰기도 한다. 아마도 가장 대표적인
예가 간판일 것이다.

간판으로 뒤덮인 건물을 보면 배보다 배꼽이 더 크다는 표
현이 딱 들어맞는다. 언론에서도 줄곧 간판 문제가 언급되었
고 몇 년 전에는 때마침 공공 디자인 바람이 불어 지자체에서
앞다퉈 간판 개선 사업을 벌였다. 결과적으로 원색의 큼직한

간판이 하나둘 사라져서 눈에 거슬리지 않게 된 것의 성과는 인정할만하다. 그런데 종로나 청계천 등지에 간판 개선 사업이 있었던 곳을 다시 가보면 큰 간판을 떼어낸 자국을 간간이 발견하게 된다. 큰 간판에 가려져 있던 벽면 색이 오랫동안 노출되어 빛바랜 벽의 색과 뚜렷이 구분되고 간판을 붙잡던 지지대 구멍도 그대로 남아 있다.

가만히 생각해보면 간판은 동네북이었다. 간판 가이드라인에 따라 '정비'된 거리는 안정감을 주기보다는 마치 태풍이 휩쓸고 지난 듯 황량함이 느껴진다. 어떤 이들은 획일적이라고 비판하기도 했다. 막무가내로 덕지덕지 붙는 간판들을 그냥 두고 볼 수 없다는 사업의 명분이 일리가 있지만, 이 간판 사업이 단기간에 환경 미화 수준으로 추진된 경우도 적지 않았을 것이다.

이러한 간판 개선 사업보다도 더 효과적으로 간판을 통일시키는 전형적인 방법이 있었다. 이미 오래전에 간판의 표준화가 실현된 적이 있었는데 동네 가게의 이름도 비슷비슷했고 외형도 거의 같았다. 그 이유는 롯데, 해태와 같은 제과 회사에서 간판을 제작해주었기 때문이다. 다른 나라의 시골 풍경도 다를 바 없었다. 가게의 간판은 주류 회사나 음료 회사가 정한 형식을 따르고 있었다. 아마도 그 회사의 상품을 입고하기로 하면서 간판을 제공받았을 것이다. 역설적이지만 가게 주인이 간판에 신경 쓸 형편이 못 되었기 때문에 강제적으로 간판이 통일될 수 있었던 셈이다.

외환 위기와 골목 상권

큰 도시에서는 구멍가게의 간판 비슷한 것도 보기 어렵다. 인기 업종이 바뀔 때마다 수시로 간판이 바뀐 데에다 특히나 1997년 외환 위기 이후 간판 교체가 엄청나게 이뤄졌기 때문이다. 그 당시 금융권이 가장 먼저 타격을 받아 은행이 통폐합되는 바람에 옛 간판을 내리고 새 간판이 그 자리를 대신하는 일이 잦았다. 이러한 과정에서 많은 사람이 직장을 잃었고 퇴직금을 털어서 창업을 한 이들도 있었다. 하지만 오랫동안 사업하던 사람들도 어려움을 겪고 있던 시기에 사업 경험이 전혀 없는 사람들이 창업에 성공할 리 만무했다. 이렇게 창업과 폐업을 반복하면서 간판도 무수히 바뀌었다. 이 와중의 동네 풍경은 그야말로 변화무쌍했다. 신장개업한 가게가 이벤트를 벌이는 것을 보면 앞으로 얼마나 버틸까 하는 걱정이 들 정도였다.

어디 그뿐인가. 개발을 하느라고 동네 전체가 바뀐 곳도 있고 갖가지 프랜차이즈franchise와 대기업 매장이 목 좋은 사거리는 말할 것도 없고 골목 깊숙한 곳까지 밀어닥쳤다. 프랜차이즈가 점점 많아지자 간판 개선 사업과는 또 다른 '정비'가 이뤄지고 있었다. 그럭저럭 디자인된 로고로 표준화된 간판들이 지역 가게의 간판을 밀어냈기 때문이다. 촌스럽거나 우악스럽던 가게의 간판이 하나둘 떨어져 나갔다.

결과만 놓고 보면 시각적으로 정돈되고 깔끔해졌다고 할 수 있다. 골목에 편의점이 들어와서 반기는 이들도 있다. 언제든 필요한 것을 구입할 수 있고 무엇보다 24시간 불을 밝히고 있어서 어두운 골목길이 환해졌다는 것이다.

옛날식 간판

외환 위기라는 격랑激浪을 운 좋게 피해간 동네의 간판들을 보면 전쟁터의 생존자마냥 위대해 보인다. 그중에서 특히 애착이 가는 것은 수공업 제작 방식으로 만든 간판이다. 대부분 아크릴 간판집이라고 불렸던 동네 간판집에서 제작된 것이다. 아크릴 칼과 실톱으로 만들어낸 글자의 느낌은 컴퓨터에서 제공된 폰트를 불러서 출력한 것과는 비교할 수 없는 듬직한 매력이 있다. 아크릴을 잘라내 글자를 만들려면 직선과 원을 조합하는 수밖에 없어서 특정한 서체를 구현한다는 것이 사실상 불가능한 일이다. 정해진 크기 안에 적당한 두께로 글자를 만들어내는 것이 전부다. '수퍼마켙'의 '켙'과 같이 복잡한 글자는 요즘 타이포그래피typography* 방식으로는 상상할 수 없는 기묘한 모양이었다.

간판의 수준이 만드는 사람의 솜씨에 전적으로 달려 있다고 해도 지나친 말이 아니었다. 아크릴이 갖는 제약 조건과 작업 효율도 따져야 했기 때문에 간판마다 크게 다르지는 않았다. 그 때문에 지금도 오래된 간판이 안정적으로 보이고 그다지 눈에 거슬리지 않는다. 때로는 빛바랜 아크릴 색감에 돌출된 자음과 모음 하나하나가 그림자를 드리운 것을 보면 깊이감마저 든다.

제작 기술 발달이 가져온 혼란

다양한 글꼴, 크기, 색을 선택할 수 있고 화려한 이미지와 애니메이션까지 담은 오늘의 간판은 얼마나 다를까? 확실히 아크릴 간판으로 구현할 수 없었던 감각적인 간판이 많이 등장하기는 했다. 의욕적인 타이포그래피부터 손맛을 살린 캘리그래피calligraphy* 작업으로 된 세련된 간판이 하나둘 등장하기 시작했다.

하지만 기술 수준이 높아지고 선택이 다양해진 만큼 혼란스러움은 어쩔 수 없다. 원조 할머니의 모습을 내세운 간판이 있는가 하면 바다 풍경을 배경으로 하는 횟집 간판같이 사진과 요란한 서체를 조합한 간판도 있다. 행인 입장에서는 간판 디자인이 지나치다고 할 수 있지만 가게 주인에게는 손님을 끌기 위한 필사적인 노력이었을 것이다. 가게 주인 입장에서 자신이 운영하는 가게가 손님의 눈에 잘 띌 수만 있다면 가능한 소재와 제작 기술을 어떻게든 활용하려고 할 것 아닌가.

수십 년 모진 변화 속에서 살아남은 옛날식 간판과 비교해보면 단순한 기술의 제약 조건이 간결한 시각 환경을 만든다는 역설적인 교훈을 발견하게 된다. 말하자면 더 다양한 방식으로 제작이 가능하다고 해서 꼭 더 좋은 결과물을 보장해주지는 않는 것이다.

*캘리그래피
글자를 유연하고 동적인 선, 글자 자체의 독특한 번짐, 살짝 스쳐가는 효과, 여백의 균형미 등 순수 조형의 관점에서 보는 것을 뜻한다.

간판과 사람 사이의 간격

사무실이 밀집된 도심 식당가의 간판에서 노골적으로 손님을 끌려는 느낌을 발견하게 되는데 삼청동에 위치한 가게 간판의 이미지는 그와 사뭇 다르다. 이른바 '삼청동식 간판'은 한결 세련되어 보인다. 그래서 삼청동의 가게 간판은 공공 디자인의 좋은 간판으로 여러 번 선정되기도 했다. 삼청동은 도심과 조건이 다르기 때문에 두 지역의 간판 차이가 단순히 가게 주인들의 안목 차이라고 규정짓기는 어렵다. 삼청동을 찾는 사람들이 삼청동 주변의 가게에서 기대하는 것도 분명히 다르다.

주목할 것은 간판과 사람의 간격인데 삼청동은 그 간격이 넓지 않다. 멀어봤자 이차선 도로 건너편에서 간판을 볼 수 있을 정도다. 골목길을 걸으면서 만나는 간판은 눈높이에 있고 때문에 작은 간판도 놓치지 않게 된다. 게다가 사람들의 이동 속도도 빠르지 않기에 간판의 질감까지 느낄 수 있다. 이것은 번화가의 도로변에는 적용할 수 없는 디자인이다. 자동차로 이동하면서 식당을 찾는 사람들은 그러한 간판을 빨리 파악하기 어렵다. 주차 공간을 앞에 둔 매장이라면 간판이 사람들과 더욱더 먼 거리에 있어서 높고 크고 자극적인 간판을 만들 수밖에 없다.

어찌 보면 간판 자체를 어떻게 해보려고 하는 행동은 무의미한 것 같다. 가까이 볼 수 있는 간판을 큼직하게 만들 사람도 없고 단골이 많은 가게의 간판이 요란할 이유도 없다. 간판 개선보다는 가게 주인과 손님 또는 행인의 거리가 더 중요해 보인다. 이 조건에 덧붙여 가게 주인이 독특한 감각을 갖고 있다면 웰 메이드 간판이 쉽게 나올 수 있지 않을까.

"주목할 것은
사람과 간판 사이의 간격이다."

●

나의 입과 타인의 입

───────────

수   저   통

숟가락에는 수많은 사연이 담겨 있다

"얼마나 많은 이들의 입술을 스쳐 지금 내 앞에 놓인 것일까?"

〈김선우의 사물들〉에서 시인 김선우는 국밥집에서 만난 숟가락을 향해 이렇게 물음을 던진다. 대수롭지 않게 입에 갖다 대는 숟가락을 놓고 이런저런 이야기를 늘어놓는 솜씨가 놀랍다. 작가의 시선은 숟가락이 수많은 사람들의 배고픔을 달래온 귀한 사물이라는 점에 맞춰져 있다. 집에서 밥을 먹는 게 아닌 다음에야 수저통에 담긴 수저는 낯선 이들과 공유하는 것이 당연하다. 그런데 당연한 그 사실이 떠오르면 내 앞에 놓인 수저를 사용하는 게 문득 꺼림칙해진다.

그렇지 않아도 식당에서 수저를 집어들 때면 깨끗한지 요리조리 살피고는 한다. 유난 떠는 것은 아니지만 고춧가루가 남아 있는 수저로 음식을 먹고 싶지는 않기 때문이다. 설사 깨끗하다 해도 오래 사용한 수저는 흠집이 많이 나 있다. 어떤 숟가락은 얼마나 오래 사용했는지 금속 공예가의 작품이나 고급 오디오의 알루미늄 패널*에서 봤던 '헤어 라인'이 가득해서 반짝거릴 법한 스테인리스 숟가락이 뿌옇게 된 경우

*알루미늄 패널
가전제품의 전면부를 고급스럽게 보이기 위해서 덧대는 용도로 사용한다. 특히 오디오 제품의 경우 진동을 억제하는 의미도 있어서 중요한 디자인 요소로 활용된다.

도 있다.

　시인의 해석을 끌어오자면 숟가락은 참 많은 인연이 스쳐 지나간 사연 많은 물건이다. 요즘 직장인들처럼 집에서 아침만 겨우 먹고 대부분 식당에서 밥을 사 먹는 사람이라면 사연 많은 숟가락을 다른 사람들보다 조금 더 자주 대하며 산다고 할 수 있겠다.

숟가락으로 맺어지는 관계

숟가락에 대한 감상도 혼자 밥을 먹을 때나 가능한 이야기다. 여럿이 함께할 때는 신경 쓸 일이 참 많다. 우선 사람들 머릿수대로 수저를 놓느라 바빠진다. 식당에 들어가서 자리를 잡자마자 누가 시키지 않아도 수저통 가까이 있는 사람이 열심히 수저를 챙긴다. 상대방에 대한 배려이자 예의라는 생각에 수저를 건네주는 것이다. 조금 더 예의를 갖추고자 하거나 식탁의 청결이 못미더운 사람은 수저 밑에 냅킨을 깔아주기도 한다. 더 세심한 사람은 수저를 확인하고 상태가 양호한 것을 골라서 놓기도 한다. 한 사람이 수저 놓는 일로 분주한 틈에 다른 사람은 그냥 있기 뭣해서 컵을 챙겨 물을 따른다.

그러다보니 식당에서 주문을 받고 음식을 나르는 종업원 못지않게 손님들도 손놀림이 바쁘다. 가끔 내가 덜 바빠도 되는 식사 자리, 즉 내가 연장자에 속하는 무리의 틈에서 밥을 먹게 되었을 때는 그 광경을 보면서 웃음이 나오기도 한다. 친구들은 친구 나름대로, 후배는 후배 나름대로 먼저 수저 놓기를 한다. 물론 나도 윗사람과 함께 식당에 가면 바쁘게 수저를 놓는다. '수저 놓기'를 흐뭇한 풍경이라고 해야 할지 잘 모르겠지만 수저를 놓는 행위는 식사를 하기 위한 중요한 의식처럼 보인다. 고급 식당에 가면 이 모든 의식이 종업원에 의해 수행된다. 가만히 있으면 알아서 챙겨주기 때문에 편할 법도 한데 익숙하지 않은 일이라서 손이 심심해진다.

　어떤 식당에서든 주문한 음식이 나오면 누가 먼저 수저를 드느냐 하는지도 신경 써야 한다. 또 마지막에 수저를 놓는 사람이 확인되고 나서야 자리를 뜨자고 말해야 한다. 이래저래 수저는 여럿이 함께 식당을 찾을 때 사람과 사람의 관계를 매개하는 중요한 사물임이 틀림없다.

수저통 디자인하기

작가와 달리 디자이너에게 있어서 숟가락과 젓가락은 위생적인 문제가 고려되어야 하는 대상이다. 언젠가 수저통을 디자인할 때 먼지가 들어가지 않으면서도 수저를 편하게 꺼낼 수 있도록 하느라 이런저런 아이디어를 냈던 적이 있다.

뚜껑을 아무리 매끄럽게 만든다고 해도 물기가 있는 수저를 넣고 빼다보면 때가 타기 마련이다. 수저통에 수저가 여러 벌 들어가면 묵직해져서 수저통을 옮길 때 뚜껑만 들리는 일도 해결해야 할 문제였다. 수저통의 사용 빈도가 높으면 뚜껑이 없어도 된다. 하지만 식당에는 수저통이 주로 양념통 옆에 있기 때문에 수저통에 뚜껑이 없으면 수저 위로 양념이 튈 염려가 있다. 이와 같은 문제를 찾고 해결해서 마침내 번듯한 수저통을 디자인했다.

수저통을 디자인하고보니 중요한 것은 가격이었다. 디자인을 의뢰한 제조 회사의 입장은 수저통을 구입하는 사람이라 해봤자 식당 주인이거나 주부일 텐데 그들이 일반적인 물건보다 비싼 제품을 찾을 리 없다는 것이었다. 그래서 거꾸로 가격에 맞춰 형태를 수정하게 되었고 결국에는 뻔한 수저통으로 둔갑하고 말았다. 그때는 수저통을 만만하게 보고 디자인했던 것이 잘못이라고 생각했다.

하지만 정작 문제는 다른 데 있었다. 굳이 수저통에 집착할 필요가 없었다는 것을 깨닫게 된 지는 한참 뒤였다. 수저통, 냅킨통, 양념통이 한 가득이던 식당의 식탁 위가 단출해진 것이다. 식탁 위에는 당연히 수저통이 있어야 된다고 생각했는데 어느 때부터인가 수저통이 보이지 않았다. 그때서야 수저통을 잘 디자인할 것이 아니라 수저를 어떻게 놓을 것인가 하는 생각을 했어야 했음을 깨달았다.

식탁의 일부분이 된 수저통

시간이 흐르면서 식당의 식탁 위 모습도 바뀌기 시작했다. 번듯한 식당에서야 예전부터 종업원이 음식을 내올 때 종이로 포장된 수저를 함께 가져다주었기 때문에 수저통이 놓일 이유가 없었다. 하지만 이제는 작은 식당에서도 수저통이 눈에 잘 띄지 않는다. 식탁 위에 있던 수저와 냅킨이 식탁 옆에 달린 서랍 속에 들어가 있기 때문이다. 서랍에서 수저를 꺼내는 것에 익숙하지 않았을 때는 수저통을 한참 찾다가 종업원에게 물어보기도 했는데, 이제는 식탁 위에 수저통이 없으면 으레 식탁 옆을 더듬어보게 된다.

원래 탁자 아래는 공간을 비워두는 것이 관례였다. 의자의 앉는 면과 탁자의 상판 사이가 겨우 20cm 남짓한 여유밖에 없어서 그 사이에 서랍이 있으면 앉는 사람의 다리에 걸리적거리기 십상이다. 게다가 식탁은 일반적인 책상보다 높이가 조금 낮기 때문에 간격이 더 좁아지는 문제가 있다. 요즘에 등장한 수저통 서랍은 식탁 옆구리에 조그맣게 달려서 이 문제를 피해간 것 같다.

수저를 식탁 위 수저통에서 찾지 않고 서랍에서 찾는 것은 대수롭지 않은 변화이지만 그 덕분에 오랜 시간 동안 식탁 위 천덕꾸러기로 존재했던 수저통과 냅킨통이 사라지게 되었다. 이 때문에 몇 가지 더 바뀐 게 있다면 식당에서 사용할 수저통을 만드는 곳이 플라스틱 용품 제조 회사에서 가구를 만드는 회사로 옮겨졌고 수저통 디자인이 탁자 디자인으로 흡수되었다는 것 정도다.

일회용 숟가락

과거 어느 때보다 '위생'을 생각하고 청결한 환경에서 살고 있으면서도 수저만큼은 여러 사람이 돌려가면서 사용하고 있다. 식당에서 어련히 알아서 꼼꼼하게 세척한다고 해도 집에서 설거지하는 것에 댈 수 있을지, 세제는 제대로 씻겨 나갔을지 의심스럽기는 하다. 그래도 어쩌겠는가. 너무 부정적으로만 생각하면 밥그릇, 국그릇도 미덥지 못하고 카페에서 커피 한 잔 마시는 것조차 신경 쓰일 것이다. 그릇이나 컵도 숟가락과 마찬가지로 누군가의 입이 닿은 것이니 말이다. 립스틱 자국은 잘 씻기지 않는지 립스틱 자국이 옅게 남은 머그잔을 받아서 다시 바꿔달라고 한 적도 몇 번 있다. 그렇다고 몽땅 일회용품으로 바꿀 수도 없는 노릇이다.

요즘 많이 쓰이는 일회용 숟가락도 있기는 하나 그다지 달갑지 않다. 수저통에 담겨 있던 것이 아니고 누구의 입이 닿지 않은 것이기는 하지만, 일회용 숟가락을 입에 대면 플라스틱의 거친 끝부분이 거슬리고 음식의 맛도 떨어지는 것 같다. 일회용 수저를 선호하지 않는 사람이라면 그 이유가 환경을 생각해서라기보다는 번듯한 식기를 사용해야 제격이라는 생각이 더 크기 때문일 것이다.

식구食口라는 말에서 알 수 있듯이 우리나라 사람들은 먹는 것을 각별하게 여긴다. 가정의 수저통에 담긴 수저는 그 가족을 헤아리는 것으로 자연스레 인식되기도 했다. 즉, 수저 한 벌이 한 사람인 셈이다. 예컨대 옆 집 수저가 몇 벌인지 안다는 표현은 그 집 식구가 몇이나 되는지 알 만큼 친분이 있다는 이야기다.

이러한 의미에서 식당의 수저통은 참 많은 식구를 달고 있다. 그리고 수저가 그득하게 담긴 묵직한 수저통은 수많은 인연을 담고 있다. 식당에서 숟가락을 집어드는 순간 나 자신도 스쳐가는 인연 중의 하나가 되는 것이다.

"얼마나 많은 이들의 입술을 스쳐
지금 내 앞에 놓인 것일까?"

●

사
람
과

개
─────────────

개 **집**

개를 위한 건축

°땅콩집
듀플렉스 하우스(duplex
house)라고도 불리는 주
택 형태로서 한 개의 필
지에 두 가구가 나란히
지어진 것을 말한다. 그
모습이 땅콩 껍질 안에
땅콩이 붙어 있는 모습을
닮았다고 해서 땅콩집이
라는 명칭이 붙었다.

대규모 건축 프로젝트가 주춤하는 사이 작은 집에 대한 관심
이 높아졌다. 땅콩집°처럼 건축가들이 합리적인 비용으로 설
계한 집이 자주 소개되고 있다. 내 집 마련의 꿈이 아파트에
서 주택으로 바뀐 것 같다. 말하자면 투자 대상으로 여기던
집이 점차 자신이 살 아늑한 집으로 자리를 잡아가는 것이다.

이렇게 집짓기 열풍이 한창인 와중에 '개를 위한 건축'이라
는 흥미로운 제목의 전시 소식을 접했다. '작은 집, 작은 집 하
더니 이젠 개집까지?' 하는 생각이 들었다. 사실 개집을 디자
인하는 일이 생소하지는 않다. 인테리어 소품 제조 회사로 잘
알려진 마지스Magis에서도 개집을 내놓기는 했지만 플라스
틱을 사출 성형하여 만든 의자나 테이블과 다를 바 없었다. 엄
밀히 따지면 '집'이 아니라 대량 생산된 '제품'이었던 것이다.

똑같은 집 모양이라고 해도 '제품'과 '집'은 차이가 있다. 예
컨대 형태나 크기가 비슷해도 미미의 집은 제품의 특징이 강
한 반면 건축 모형은 집을 짓는 구축의 특징이 강하다. 막상
개집을 찾아보면 '집'다운 것을 찾기 어렵다. 변두리 시장이
나 철물점에서 팔고 있는 개집도 기와지붕이 얹혀져 있기는
하지만 플라스틱 제품에 불과하다.

이러한 점을 생각하면 '개를 위한 건축'은 확실히 구축적이
다. 우선 건축가들이 디자인하고 도면까지 만들었다는 점에
서 구색을 갖추고 있다. 땅에 기둥을 박아 세웠다거나 특정한
장소의 맥락을 염두에 두고 설계한 것은 아니지만 어떤 종의
개가 '거주'할 것인지를 고려했다. 즉, 닥스훈트, 비글 등 족보
있는 견공의 특성에 맞춘 '건축물'을 설계한 것이다. 세계적
인 디자이너와 건축가들이 대거 참여한 까닭인지 그 전시는
여러 매체에 소개되었다 architecturefordogs.com.

개 따위를 위해서 디자인한다고?

개집을 디자인하는 것이 단순한 에피소드로 비칠 수도 있지
만 민감하게 다룰만한 사건이 하나 있었다. 서구의 유명 디자
이너들이 머리를 맞대고 더 이상 개를 위해 디자인하는 일 따
위는 하지 말자고 결의한 적이 있기 때문이다.

2000년에 디자이너들이 작성한 '중요한 것을 먼저 하라
First things first 2000' 선언문에 분명히 그 내용이 포함되었다. 그
들은 '그동안 세상이 우리의 재능을 가장 적절하고 효과적이
며 바람직하게 쓸 곳이란 광고 기술이나 관련 분야라고 끊임

없이 유도해왔다'라고 전제했다. 그래서 '이렇게 길들여진 디자이너들은 그들의 재능과 상상력을 개먹이 과자, 비싼 커피 등을 파는 데 사용'했노라 자성하는 내용을 담았다. 쓸데없는 것을 나열한 가장 첫 머리에 개먹이 과자가 등장했다.

'개 같은'이나 '개만도 못한'이라는 수식어는 몹시 부정적이고 자조적으로 쓰인다. '개나 줘버려'라는 말은 쓸모없고 가당치도 않은 것을 가리키는 치욕적인 표현이다. 십여 년 전만 해도 건축가에게 '개집이나 지어'라고 하면 몹시 불쾌한 이야기임에 틀림없었다. 하지만 지금은 꼭 그렇지만도 않은 것 같다. 건축학과에서는 새집이나 개집을 연습삼아 설계할 정도다. 아마도 주택의 축소판 정도로 여기는 것 같다. 사람에게 투약하기 전에 쥐에게 투약하는 일종의 테스트 같은 것인지도 모르겠다.

그런데 '개를 위한 건축'은 그러한 테스트가 아니라 개집 자체를 온전한 프로젝트로 생각하고 있다. 왜냐하면 오늘날 개는 사람들이 과거에 인식하던 의미의 개가 아니기 때문이다.

개와 함께 살기

오늘날 개의 의미를 생각하기 전에 왜 하필 '개'인가 하는 의문이 먼저 든다. 언제부터 인간이 개와 함께 살게 되었을까? 어떻게 가정에 들어오게 되었을까? 왜 다른 동물이 아니고 하필이면 개일까?

먼 옛날 사람들은 분명 필요에 따라 동물을 가축으로 길들여왔을 것이다. 그러니 아무 동물이나 가축이 되지는 않았다. 학자들의 연구에 따르면 현재까지 사람 손으로 기를 수 없는 동물은 가축이 되지 않았다기보다는 애당초 가축이 될 수 없었다고 한다. 동물에게 기본적인 사회성과 적절한 신호에 굴복하는 성향이 없다면 가축화가 불가능하기 때문이다.

진화 생물학자인 스티븐 제이 굴드Stephen Jay Gould는 〈여덟 마리 새끼 돼지Eight little piggies〉에서 이러한 가축화를 설명하면서 개가 인간의 곁에 있게 된 이유를 분명하게 짚어냈다.

"개들이 인간의 제일가는 애완동물이 된 까닭은 그들의 선조인 늑대 카니스 루푸스Canis lupus가 우연히도 인간의 친구가 되기 쉬운 성향을 포함한 행동 양식을 진화시켰기 때문이다."

개가 늑대에서 출발한 것은 의심할 바가 없다. 그런데 개로 분류되는 종류는 꽤나 많아서 늑대와는 한참 달라 보이는 종도 있다. 고양이와 비교해봐도 개는 생김새나 크기가 제각각이다. 이것은 개가 변종되는 가능성의 풀pool이 다른 동물보다 훨씬 크기 때문이고 사육사들이 이것을 잘 활용한 덕분이라고 한다. 결국 개는 사람과 함께 살 수 있는 조건이 잠재되어 있었던 것이고 다른 동물보다 호사를 누린다고 해도 그럴만한 자격이 있다고 인정해야겠다.

동물의 권리를 주장하는 시대

이쯤 되면 개를 예사로 봐서는 안 된다. 흔히 인사불성인 사람을 보고 개에 빗대어 비난했다면 이제는 이같이 '개'를 넣어 막말을 해대는 것도 조심해야 할 것 같다. 국내 애견 인구만 따져도 천만 명에 이르는 상황에서 개를 위해 디자인한다는 것을 하찮게 여길 수 없는 노릇이다. 개집을 디자인하는 일도 진지하게 생각할 문제가 된 것이다.

그런데 이 진지함이 애완견 거처에만 필요하지는 않을 것이다. 동물의 권리까지 주장하는 시대가 되었으니 대상을 넓혀야 마땅하다. 개도 집 안에서 기르는 강아지만 있는 게 아니라 마당에서 비바람 맞는 개집도 있고 소, 닭, 돼지와 같은 가축이 지내는 곳도 있다. 그래서 개를 포함하여 가축을 위한 건축으로 넓혀 생각한다면 미학적인 문제가 그다지 중요하지는 않을 것 같다. 식용을 전제로 사육하는 경우에는 효율에 치중해서 좁은 우리에 가두는 것이 문제다. 즉, 얼마나 근사한가보다는 가축에게 얼마만큼의 공간이 필요한가가 더 중요하다.

이에 비하면 아늑한 주거 공간에서 사는 애완견에게는 건축가의 도움이 그리 절실하지 않다. 개가 나서서 자신의 취향을 내세울 리도 없다. '개를 위한 건축'은 결국 개를 위한 것이 아니라 사람들을 위한 창작 프로젝트다. 건축가와 견주가 만족감을 얻는 것이다.

반려 동물의 죽음을 애도하는 형식이 사람의 장례식 못지 않은 수준까지 발전했다는 점을 감안하면 사람과 개의 교감은 더 깊어졌다고 하겠다. 반려 동물을 가족으로 여기는 문화가 형성되었으니 개집은 사람과 개의 관계를 보여주는 상징적인 구조물이 되었다. 옷이나 먹을 것으로 다 표현하지 못한 애정을 안식처와 독자적인 공간을 제공함으로써 개에게 적극적으로 표출하는 것이다. 사람과 개의 관계는 비단 애완견에만 해당되는 것이 아니다. 그 옛날 마당에 개를 묶어두고 키울 때도 주인과 개의 관계는 돈독했다. 판자와 장판을 엮은 것이라 어설프기는 해도 집을 만들어서 겨울에는 춥지 않게 옷가지를 넣어주고 새끼를 낳을 무렵에는 천으로 개집 앞을 가려주는 매너를 지켰다.

개집과 건축가의 자아

개집의 의미가 커졌다 하더라도 여기에 건축가까지 동원된 이유는 과연 무엇일까? 개집을 디자인한 건축가들의 이야기로 돌아가보자. 20세기 문화사를 돌아보면 스탈린Stalin과 같은 이들이 권력을 유지하기 위해 문화를 전략적 수단으로 활용해왔음을 알 수 있다. 이것에 반대하여 어려움을 겪은 예술가들도 있지만 권력의 힘을 간파한 이들은 자신에게 주어진 기회를 적극적으로 이용했다. 이른바 문화 엘리트들은 국가 기구가 원하는 역할을 맡으면서 명예와 특권을 얻었다. 이것은 기념비적인 건축물을 짓는 건축가도 예외가 아니었다.

　데얀 수직Deyan Sudjic은 〈거대 건축이라는 욕망The edifice

complex〉이라는 책에서 이와 같은 건축과 권력의 문제를 다루고 있다. 거대한 건축물이 탄생하게 된 정치적, 경제적 상황을 과거부터 추적하는 것이 책의 주된 내용인데, 그 출발점은 건축이 단지 비바람을 피하기 위한 은신처를 만드는 데 국한되지 않는다는 사실이다. 물론 건축의 기원을 따지면 분명히 실용적인 행위가 건축의 중심을 이루고 있다. 하지만 데얀 수직은 역사적으로 건축이 '인간 심리의 강력하고 특별한 발현'이었다고 강조한다. 그렇기 때문에 권력자와 건축가 개인의 자아가 건축물을 둘러싼 풍경에서 도시나 국가로 확대될 수 있었다는 것이다.

그렇다면 개집은 이러한 비전과 반대로 건축가의 자아가 축소된 것일까? 거대 건축의 기회가 줄어들어 주택 건축으로 눈을 돌리기 시작했고 급기야 더 작은 규모로 관심이 집중된 것처럼 보이지만 그럴 리 없다. '개를 위한 건축'에서의 개집은 집을 지키는 개가 비바람을 피할 수 있도록 만들어준 것이 아니며, 동물의 권리와도 무관하다. 누가 뭐래도 이것은 스타 건축가들에게 흥미로운 과제를 던져주고 그 결과를 지켜보는 이벤트로, 그 과제는 3평 남짓한 작은 집이나 이동할 수 있는 집 혹은 고양이 집일 수도 있다. 이들이 개집을 선택한 이유는 개집에 대한 까다로운 건축 규제가 없다는 장점 때문이다. 모처럼 건축가들이 제도와 비용에 구애받지 않고 마음껏 디자인한 것이니 보는 이는 가벼운 마음으로 즐겁게 감상을 즐길 따름이다.

●

사
람
과

시
간

지 하 철   시 계

지하철역의 시계는 어디로 갔을까?

어느 도시든 큰 시계는 오랫동안 랜드 마크 역할을 한다. 열차를 타고 내리는 곳이면 시계가 높이 걸려 있고, 광장에 들어서도 어느 한쪽에는 꼭 시계가 있다. 많은 사람들이 오가는 곳에 시계가 있는 이유는 지금 시각을 확인하는 것도 중요하지만 자신이 다른 사람과 똑같은 시간을 살고 있다는 것을 확인한다는 데 큰 의미를 두기 때문은 아닌가 한다.

지하철역에도 시계가 참 많았다. 승강장에도 여러 개가 있었는데, '에지' 있는 알루미늄 프레임에 싸여 있던 신호기 한쪽에 아날로그시계가 정사각형의 공간을 차지하고 있었다. 지하철을 기다리다가 멍하니 시계 바늘이 조금씩 움직이는 것을 보면서 열차 들어오는 소리에 귀를 기울이고는 했는데 지금은 그 많던 지하철 시계를 볼 수 없다. 물론 지하철 운행 정보를 알려주는 디스플레이 패널 한쪽에 시간이 표시되어 있기는 하다. 그것이 아니더라도 시간을 알려주는 장치가 많아져서 고개를 들어 시계를 쳐다볼 일은 많지 않다.

기차역에서, 광장에서 높은 곳에 걸린 시계를 쳐다보던 사람들에게 시계는 단순히 정보를 제공하는 것이 아니라 자신이 서 있는 시공간을 확인하고 길을 찾거나 다른 사람들과 만

나기 위한 기점이었을 것이다. 지하철역에 있던 아날로그시계는 디스플레이 패널에서 커졌다가 사라지고 다시 나타나는 그러한 비물질적인 시간 정보와 달리 제자리가 있는 사물이었다.

지하철의 명품 시계

휴대전화가 친절하게 시간을 알려줌에도 불구하고 사람들은 한쪽 손목에 시계를 차고 나닌다. 손목시계는 예전부터 값진 물건으로 인식되어 예물로 애용되었고 이제는 시간을 확인하는 것보다는 시계의 소유주가 누구인지 확인하는 의미가 더 커진 것 같다. 게다가 스마트 기술에 힘입어 예전에는 없던 특별한 가치도 지니게 되었다.

예물 시계든, 스마트 시계든 나는 한 번도 그런 것을 소유한 적이 없고 예전부터 시계를 잘 차고 다니지도 않았다. 그래서 지하철에서 시계를 자주 보는 버릇이 있다. 지하철 승강장에 있는 구식 신호기의 시계는 특별했다. 특히 지하철 2호선 신호기의 시계는 '라도Rado'라는 명품 브랜드인 데다 스위스라는 생산지 표기까지 되어 있었다. 개인 소유는 아니지만 필요할 때 늘 그 자리에서 시간을 확인할 수 있기 때문에 내 시계나 다름없다는 생각을 했다.

인문학자 고병권이 쓴 〈소유와 빈곤〉이라는 글에서 이와 비슷한 생각을 읽었다.

"내가 신의 친구가 되는 만큼 다시 말해 내가 만물과 사귀는 만큼, 그만큼이 내 것이고 내 세계다. 따라서 '만물이 이미 내 것'이라는 말은 극한의 소유가 아니라 소유의 불필요나 불가능을 가리킨다."

위의 글처럼 거창하게 생각한 것은 아니지만 꼭 내가 값을 치르고 몸에 지녀야만 내 것이 되는 것은 아니라고 생각했다. 다른 것은 몰라도 시계만큼은 그랬다.

그런데 문제가 생겼다. 언제든 있을 것 같은 스위스 명품 '라도' 시계가 어느 순간 사라지기 시작했다. 소유와 빈곤의 관점에서 '내 것'이 사라진 것이다.

철도와 시간의 상관관계

시계가 사라진다고 해서 크게 달라질 것은 없다. 시간은 언제나 일정하게 흘러가고 방송에서는 수시로 정확한 현재 시간을 알려주고 있으니 말이다. 그런데 오래전에는 사람들이 이렇게 똑같은 시간대를 살지 않았다고 한다. 물론 지금도 지구 반대편에 사는 사람들과는 반나절의 시간 차이가 있지만, 한 나라 안에서 또는 일정한 구간의 지역 내에서는 시간을 똑같이 맞춰서 살고 있다.

근대의 질서를 다루는 학자들은 하나같이 철도와 시간의 관계를 이야기한다. 철도는 생산물을 이동하는 중요한 수단이자 멀리 떨어진 공간을 가깝게 연결해준 시간 단축의 수단이기도 했다. 따라서 기차 운행에서 시간 개념은 몹시 중요했다. 우리가 알고 있는 '열차 시간표'라는 것은 모두가 동의해야 하는 표준을 세운 결과다.

미국의 기술 사학자인 루스 슈워츠 코완 Ruth Schwartz Cowan 은 〈미국 기술의 사회사 A social history of American technology 〉에서 미국 최초의 열차 시간표가 만들어지는 과정을 자세히 다루고 있다. 열차 시간표가 성립되기 이전에는 열차가 언제 올지 확실치 않고 열차가 서로 충돌할 위험까지 도사리고 있었다.

그동안 미국의 각 도시는 태양이 머리 꼭대기에 오는 시간을 정오로 정했었다. 너무나도 자연스러운 기준이었고 그 지역 사람들 사이에서는 아무 문제가 없었다. 그런데 미 대륙을 가로질러 철도가 가설된 뒤에는 도시마다 사용하는 시간대가 제각기 달라 열차 시간표를 만들기가 곤란해졌다.

결국 철도 회사의 관리자들이 합의를 이끌어내 미국 전역을 네 개의 표준 시간으로 나누었다. 미국에서는 각 지역의 독자적인 시간 체계를 뉴욕 시간을 기준으로 1883년 11월 18일 일요일 정오에 맞췄다. 이처럼 철로가 지나간다는 것, 더구나 기차가 선다는 것은 그것에 시간을 맞추는 것을 뜻했다. 이로써 오늘날 우리가 사용하는 통합된 시간대가 형성된 것이다.

자동인형에서 로봇으로

마틴 스콜세지Martin Scorsese 감독의 영화 '휴고Hugo'(2011)는 기차역 시계탑의 판타지를 보여준다. 영화의 탄생을 담아내는 것이 이 영화의 핵심이지만, 영화 속에 기차와 시계, 영화, 자동인형automata*을 등장시켜 20세기 초 풍경을 잘 보여준

*자동인형
자동 기계라고도 불리는데 기계에 의해 동작하는 인형이나 자동 장치를 가리킨다.

다. 영화의 주 무대는 1930년대 파리의 기차역이다. 기차 운행뿐 아니라 일상의 표준이 되는 시계탑이 기차역의 중심을 차지한다. 감독은 시계탑 안의 복잡한 기계 장치와 자동인형을 보여주면서 영화의 한 프레임과 시계 바늘의 초 단위, 열차의 출발과 도착을 톱니바퀴처럼 연결시켰다. 질서 정연한 근대의 풍경을 이처럼 절묘하게 묘사하기도 힘들 것 같다.

시계는 정확한 기계 구조를 갖고 있어서 자동인형을 만드는 토대가 되었고, 자동인형은 또다시 로봇의 탄생을 이끄는 하나의 원형이 되었다. 게이비 우드Gaby Wood의 저서 〈살아 있는 인형Living dolls〉은 데카르트Descartes가 시계 부품과 금속으로 만든 딸의 이야기부터 자크 드로Jacques Droz가 만든 '글 쓰는 자동인형'까지 시계로 인간처럼 살아 있는 인형을 만들려고 한 역사를 풀어냈다. 로봇은 자동인형과 비교하기 어려울 만큼 복잡한 단계를 거쳤기 때문에 사실 둘 사이에 직접적인 연계성은 미약하다. 실제로 글 쓰는 자동인형은 스위스 뇌샤텔 박물관에 전시되어 있고 지금도 관광객 앞에서 연례행사처럼 종이에 "나는 생각하지 않는다. 그러면 나는 존재하지 않는 걸까?"라는 문장을 써낸다고 한다. 여전히 놀라운 퍼포먼스지만 오래된 기술을 박제화시켜 구경거리로 남겨둔 것에 불과하다.

시계와 자동인형으로 이어진 판타지는 영화가 등장하면서 멈추고 말았다. 자동인형을 통해서 드러내려 했던 놀라운 상상력은 영화가 훨씬 더 강력하게 보여줄 수 있었기 때문이다. 시계 장치로 인간을 닮은 기계를 만들려고 했던 욕망은 그렇게 주춤했다가 20세기말에 컴퓨터 프로그래밍에 기반한 휴머노이드 개발로 재개되었다. 이 과정을 압축적으로 표현하면 시계의 초 단위와 영화의 프레임이 100년을 넘어서 바이트로 바뀌었다고 할 수 있겠다.

플랩식 행선 안내기에 대한 향수

기계 장치가 전자 장치와 프로그래밍으로 바뀌는 과정은 지하철 신호기에서도 똑같이 일어났다. 라도 시계와 한 세트로 구성된 플랩식 flap display 행선 안내기는 아날로그 방식의 기계 장치였다. 기차역과 공항에서도 사람들은 오랫동안 이 안내 방식으로 정보를 얻고는 했다. 검은색의 얇은 판이 차르륵 돌다가 마술처럼 텍스트가 바뀌는 장면이 압권이었다. 서울 지하철 노선 중에서는 2호선의 플랩식 안내기가 가장 오랫

*플랩식
문자나 숫자를 기계적으로 바꿔가면서 보여주는 디스플레이 방식. 몇 가지 정해진 정보가 인쇄된 여러 판을 회전축에 끼워서 사용하는데 주로 공항이나 기차역에서 운행 일정을 알려주는 역할을 했다.

동안 사용되다가 2010년부터 LCD Liquid Crystal Display 방식의 안내기로 교체되었다.

지금은 지하철역에서 바늘 시계가 사라지고 전광판으로 다양한 정보를 제공하고 있다. 열차가 어디쯤 오고 있는지, 불이 나면 어떻게 해야 하는지, 최신 개봉 영화와 시시콜콜한 광고까지 쉴 새 없이 돌아간다. 예전의 플랩식 안내기로는 구현할 수 없는 '버라이어티'한 서비스다.

한 화면에서 많은 정보를 전달해주니 유익하기는 한데 정작 내가 필요한 정보를 확인하려면 보고 싶지 않은 안내문과 광고까지 봐야 한다. 사람들이 붐비는 공공장소에는 빼곡히 대형 디스플레이가 설치되어 있고 제각각 비슷한 안내문과 광고를 보여주기 때문에 금세 피로해진다. 때문에 오직 현재 시간과 열차 행선지만을 보여주던 안내기가 그리워지기도 한다. 열차가 플랫폼에 가까워질 때 빨간불로 힘주어 도착을 알리던 직관적인 안내 방식은 지금의 디스플레이와 비교해 보면 너무나 단순하지만 커다란 매력이 있었다는 사실을 이제야 알 것 같다.

"내가 만물과 사귀는 만큼,
그만큼이 내 것이고 내 세계다."

●

창
작
자
와

구
경
꾼

───────────

이   젤

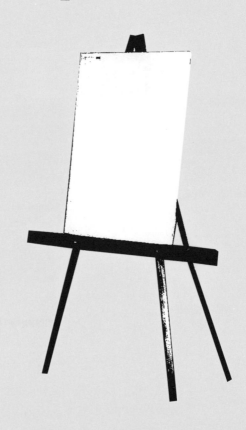

화구에서 전시대로

전문적으로 그림을 그리지 않는 사람이라고 해도 이젤을 펼쳐두는 것은 그림을 그리는 준비 과정이라고 자연스레 생각하게 된다. 그런데 요즘은 이젤이 그림을 그리는 데 사용되기보다는 뭔가를 보여주기 위한 전시대 역할을 하는 경우가 더 많아졌다.

어지간한 크기의 사진이든, 그림이든 평면이라면 이젤에 고정시킬 수 있고 적당히 뒤로 살짝 기울어져 있어 사람들이 보기에 편한 각도를 유지한다. 게다가 어디든 금방 설치 및 철수할 수 있는 데다 가격까지 저렴하다. 이러한 장점을 지닌 덕에 휴대전화 판매점 등 작은 가게에서 이벤트를 할 때 이젤이 빈번히 사용되고 있는 것을 쉽게 발견할 수 있다. 심지어 학술 행사장의 포스터 논문도 보드를 제작해서 이젤에 걸쳐두니 이젤이 없으면 행사가 가능하기는 한 것인지 의문마저 든다. 임시방편으로 이젤만 한 것이 없고 어찌 보면 합리적인 선택 같기도 하다.

임시방편이 임시방편으로 이어지다

임시방편이란 정상적인 상태를 갖출 여유가 없을 때 차선책으로 찾는 것이다. 요건을 충족시키기에는 충분하지 않지만 긴박한 상황에서는 차선책도 받아들여진다. 다음번에는 제대로 된 대책을 마련하리라 믿고 이해하기 때문이다. 그런데 임시방편으로 한 번 버텨내고 나면 다음에도 '임시방편'이었던 것을 다시 활용한다. 비슷하게 미비한 상황을 맞닥뜨리면 또 임시방편으로 때우게 되는데, 그도 그럴 것이 임시방편이었던 것이 제대로 된 선택만큼의 역할을 해줬기 때문이다. 이젤 또한 일시적인 행사에서 사용되다가 이제는 정기 행사에도 줄곧 활용되어 더 이상 임시방편이 아닌 게 되었다.

간혹 지하철, 시청, 심지어 국회에서도 이젤을 늘어놓은 전시가 반복된다. 아무리 시시해 보이는 작품이라도 전시 목적으로 설치한 것이라면 감상하기 위한 공간이 갖춰져야 한다. 이젤을 이용한 특별한 의도가 있지 않다면 그러한 형식은 반짝 행사로 '때우는' 듯한 느낌이 든다.

이젤을 보면 미술관에서 계약직으로 일하던 때가 생각난다. 내가 근무하던 형태가 비정규직이었으니 비유하자면 임시방편인 이젤과 다를 바 없었다. 디자인 전공자로서 미술관

큐레이터로 일할 기회가 흔치 않기 때문에 근무 형태 따위에는 연연하지 않고 의미 있는 전시를 기획하는 데 전력을 다했다. 하지만 2006년 비정규직 법안이 통과된 뒤 근무 형태가 아주 중요하다는 것을 뼈저리게 느꼈다. 그해 말 나를 포함한 계약직원은 모두 해고 통보를 받았다. 비정규직 법안은 일정 기간 근무한 비정규직 근로자를 정규직으로 전환하도록 강제하는 법이었으니 언뜻 보면 좋은 제도라고 생각할 수 있다. 하지만 임시로 때울 수 있는 자리는 늘 임시직으로만 채용하려는 생각이 있는 곳에서는 악용되기 일쑤다. 임시는 그다음 임시가 대신하는 일이 반복되는 것이다.

예술의 창작과 향유

미술관에서 일하던 몇 년 동안 이젤을 전시에 사용해본 적이 없었다. 명색이 공공 미술관이었으니 작품을 그러한 식으로 홀대할 리 만무했다. 반면에 미술관 밖에서는 이젤을 자주 볼 수 있었다. 대부분 작은 행사였고 별 볼일 없는 전시도 많았다. 선동적이고 계몽적인 시각물을 이젤에 올려놓은 경우도 있었다. 이것이 모두 '전시'라는 이름으로 공공 공간에 놓였다. 전시 기획자나 창작자라면 눈길조차 주지 않을 행사다. 그렇지만 그러한 행사에도 관객은 있다. 그것을 전시로 인식하고 보는 사람들도 있는 것이다. 그러면 그들을 어떤 존재로 봐야 할까? 관람객 아니면 구경꾼?

한때 향유자 중심의 예술이 중요하게 논의되었던 적이 있었다. 문화부가 창작자 중심에서 향유자 중심으로 정책을 바꾸어가던 때였다. 여전히 창작자는 배고픈 현실을 살아가는데 향유자 중심으로 지원을 바꾼다고 비난하는 사람들도 있었다. 그래도 향유자를 다시 생각해보는 기회라는 점에서 의미 있었던 정책이 아닌가 한다. 실제로 그 덕분에 미술의 공공성에 대한 관심도 높아졌다. 향유자와 공공성이 주목받았다 해도 이젤로 이뤄진 전시는 여전히 관심의 대상이 아니었다. 기획이나 창작의 수준을 논하기에는 한참 부족했기 때문이다.

그렇지만 이젤의 존재를 무시하기에는 자주 눈에 띈다. 도시 곳곳에 슬쩍 나타났다가 흔적도 없이 사라지는 이젤 전시를 보면 누가, 왜 이런 것을 하는지 의아하다. 주목받지 못할 것이 뻔한데 말이다. 무슨 무슨 전시라는 이름의 행사를 어떤 식으로든 '했다'라는 기록이 필요했던 것이 아닐까 추측할 뿐이다.

공공 전시의 가치

철학자 니체Nietzsche는 〈이 사람을 보라Ecce homo〉에서 이렇게
말했다.

"사소한 것들은 상상을 초월할 정도로 중요합니다."

살면서 모든 일을 세심하게 신경 쓸 수 없을 테고 적당히
처리해야 할 일도 있을 것이다. 그럼에도 니체의 말을 좀 더
더듬어보면 사소한 것이라도 여러 사람이 보게끔 만든 행사
일 경우에는 정말로 하찮게 여겨서는 안 될 일이다.

누군가가 '했다'라는 물리적 기록이 필요한 것이라는 추측
이 맞는다면 실무자든, 담당자든 편히 일을 처리하려 한 것이
분명하다. 하지만 사소한 일이라고 그렇게 대충 넘기는 것은
다음에 있을 전시에 대한 기대감마저 갖지 못하게 한다. 말하
자면 이젤이 펼쳐진 전시, 확대 해석하면 미술관이 아닌 일상
적인 공간에서 격 없이 볼 수 있는 전시는 그게 어떤 내용이
든 늘 볼만한 가치가 없다는 인식을 갖게 하는 것이다. 이러
한 경험이 반복되다보니 일상의 문화적 경험이라는 것이 초
라해진 것이 아닐까.

불필요한 격식을 없애는 것과 싸구려 경험은 분명히 다르다. 공공 공간에서 더 나은 경험을 제공할만한 장치와 공유 방법을 디자인하는 것은 미술관이나 박람회의 전시 디자인보다 훨씬 더 중요해 보인다. 왜냐하면 그야말로 향유의 기회가 적은 이들에게 그나마 뭔가를 보고 느낄만한 일상의 문화적 경험이 될 수 있기 때문이다. 이마저 없다면 그저 광고판이나 보고 살 수밖에 없지 않은가.

타협의 기술

몇 년 전 네덜란드의 아인트호벤에 방문한 적이 있다. 필립스 공장이 있던 공업 도시로 유명하지만 우리에게는 축구선수 박지성이 활동했던 팀의 도시로 더 기억되는 곳이다. 그곳에서 디자인 페스티벌이 열리며 이곳저곳에서 전시와 영화 상영이 이루어져 그것에 대한 안내 사인이 붙어 있었다.

그런데 안내 사인이라는 것이 종이에 출력한 것을 테이프로 벽에 붙여놓거나 낡은 팔레트pallet*를 세워 포스터를 붙이고 화살표를 그려 넣은 정도였다. 팔레트는 지게차가 운반할 수 있도록 물건 아래에 받쳐두는 받침대인데 공장에서 흔

*팔레트
화물을 일정 수량 단위로 모아 옮기고 보관하기 위해 사용되는 하역받침. 대부분 목재로 제작되지만 플라스틱으로 제작된 것도 있다.

히 볼 수 있는 자재다. 아마도 공장 지역에서 행사가 있었기 때문에 버려진 팔레트를 쉽게 구할 수 있었을 것이다. 예산이 부족해서인지 아니면 의도적이었는지 모르겠지만 나빠 보이지는 않았다. 전시도 공장의 지형지물地形地物을 이용해서 작품을 매달거나 기대어놓는 방식이었다. 물론 이러한 것이 훌륭한 대안이 되지는 않더라도 전체적인 맥락에 맞추려는 의도는 읽을 수 있었다.

이에 반해 이젤은 적절한 타협점을 상징한다. 그리고 사소한 일에 대해 무심함을 보여주는 동시에 그 무심함이 반복되는 대표적인 예가 된다. 창작자와 향유자 또는 창작자와 구경꾼의 관계는 타협의 기술 안에서 초라해지고 있는 것 같다.

공중 화장실의 변기 위에서 보는 명언이나 명화 액자, 식탁 위의 조화, 지하철 스크린 도어에 붙은 두툼한 글꼴의 시에서 공공 전시에 쓰이는 이젤과 비슷한 느낌을 받는다. 우리는 이러한 것에 오랫동안 익숙해졌고 무감각해졌다. 그래서 시시한 전시를 하게 되면 무심히 또 이젤을 집어들 것이다. 이젤이 몹쓸 물건도 아니고 그걸 펼쳐둔 사람이 범법 행위를 한 것도 아니다. 다만 이와 같은 '저렴한' 해결책밖에 없는 것인지 하는 아쉬움이 남는다.

에 . 필 . 로 . 그 .

밧 줄 과 　 도 끼

사물의 대한 관심이 장인 정신의 복권으로 이어지지 않을까 기대한 적
이 있다. 잘 만든 물건과 그것을 만든 사람을 인정하고 가능하다면 직
접 만드는 능력도 회복하는 것을 기대했던 것이다. 돌이켜보면 직접
무엇인가를 만들려는 사람들이 늘어나고 사물에 대한 글이 많아진다
고 해서 그것이 가능할 것 같지는 않으며, 그렇게까지 할 필요도 없다.
잉여의 에너지면 어떻고 향수, 낭만이면 어떤가.

　새로운 것에 대한 편애, 기술의 과시 때문에 오랫동안 다듬어지고
안정적으로 사용되는 것을 싹 밀어내지만 않는다면 그것으로 족하다.
이 책의 많은 사물 이야기에서 말하고자 한 것은 다양한 기술 수준의
사물이 공존하는 것이 필요하고 사물에 대한 관심이 이러한 인식으로

연결되었으면 하는 바람이었다.

구체적으로 새로운 기술과 낡은 기술의 문제를 생각해보자. 최근에 일어난 충격적이고 슬픈 사건에서도 새로움의 편애와 기술의 과시를 발견할 수 있다. 제주를 향하던 세월호가 진도 해역에서 침몰했고 이 글을 쓰는 현재까지도 시신이 모두 수습되지 않았다. 처음 사고 소식을 접했을 때는 근해에서 일어난 일이고 불이 난 것도 아니기 때문에 해경을 비롯한 막강한 군기관의 인력과 장비 그리고 IT 강국의 엄청난 기술력을 자연스레 떠올리면서 몇 시간 아니면 며칠 내에 대부분 구조될 것이라고 생각했다. 고등학교 학생들은 대부분 휴대전화를 가지고 있었고 메시지를 주고받을 수 있을 것이라 생각했다. 하지만 물속에서 전파 전달이 되기 어렵기 때문에 디지털 통신 장비는 수면에서 3m만 내려가도 아무 소용이 없다고 한다. 스마트폰과 모바일 기술로 얻어낸 것은 탑승객의 최후 카카오톡이 4월 16일 오전 10시 17분이었고 시신과 함께 입수된 휴대전화에서 마지막까지 자신들을 살려줄 것이라 믿으며 죽어간 아이들의 안타까운 동영상과 사진을 발견한 것 정도다.

첨단 장비의 활약을 기대했고 실제 여러 장비가 투입되었다. 플로팅 도크가 배를 끌어낼 것이라고 예상했지만 크레인이 배를 반듯하게 세워놓지 않으면 불가능했고, 원격 조정 무인 탐색기는 작고 가벼워서 조류가 거센 사고 지점에서는 활용할 수 없었다. 게 모양을 닮은 크랩

스터는 인명 구조용으로 설계된 것이 아니라서 해저 지형과 조류 등의 정보를 수집하는 역할을 할 뿐이었고 시야가 30cm에 불과한 탁한 물속에서는 쓸모가 없었다.

디지털 기술과 첨단 장비는 실현 여부가 불투명한 가능성만을 보여줄 뿐이었다. 판타지였던 것이다. 그렇다고 직접 도구를 사용해서 구해낼 용감한 구조 대원도 없었다. 사고 직후에 도착한 목포 해경 경비정에는 망치와 줄사다리가 없었다. 가장 기본적인 공구조차 없었던 것이다. 헬기도 있고 첨단 장비도 있어서 별 의미가 없었는지도 모르겠다. 4월 19일에 도끼와 그물망이 등장했다. 머구리 잠수사들, 고등어배의 수중 등도 잇따라 투입되었다. 결국 자그마한 역할이라도 해낸 것은 오래된 기술이었다. 잠수사들이 투입되어 가장 먼저 한 일은 밧줄을 연결하는 것이었다. 시신의 유실을 막기 위해 그물망도 쳤다. 21세기에 도끼로 뭔가를 한다는 것은 상상하기 힘들지만 선박의 유리를 깬 것은 손도끼였다.

오래된 기술과 도구에 대한 문제로 집중해서 보자면 새로운 것에 대한 로망 때문에 그동안 잘 사용하던 것도 쉽게 버려왔음을 깨닫게 된다. 과거에는 상상하기 힘들 정도의 많은 정보를 얻고 놀라운 경험을 하게 되면서 대단한 기술과 취향을 가지고 있다고 착각한 것 같다. 언젠가 아파트 광고에서 집을 관리하기 위해 신경 써야 하는 문제를 놓고 '난 그런 거 몰라'라고 던진 멘트가 이러한 도도함을 담고 있다. 즉, 기업의 서비스나 사회 기반 시설이 알아서 모든 것을 해결해주리라 믿는 것이다. 그러나 굳이 시스템의 붕괴와 같은 위기감 때문이 아니더라도 자신이 살고 있는 환경에 대해 관심을 갖는 것은 지극히 자연스러운 일이다.

이 책의 내용은 그러한 자연스러움을 예시하고 있다. 물론 시시콜콜한 것에 대해 관심을 갖고 얻은 지식과 경험이 바탕이 되어 있다 하더라도 개인이 풀어낼 수 있는 수준에 한계가 있을 수밖에 없다. 소재와 기술에 대한 정보나 사회 문화적 배경을 확인하기 위해 노력했으나 분명한 근거를 찾지 못한 경우도 있었고, 이때는 정황으로 추측할 수밖에 없었다. 이러한 부분을 포함하여 잘못 설명된 부분에 대한 지적이 있다면 그것은 마땅히 필자가 감수해야 할 몫이다.

책이 나온다는 것은 언제나 고맙고 설레는 일이다. 이러한 기회를 준 지식너머에 이 자리를 빌어 감사드린다. 이 책의 첫 물꼬를 터준 이미아 님, 더딘 진행에도 끝까지 다듬어준 편집자 강경양 님, 디자이너 최소은 님께 고마움을 전한다.

사
물
의
이
력

초판 1쇄 인쇄 2014년 8월 20일
초판 1쇄 발행 2014년 8월 27일

지은이 | 김상규
발행인 | 이원주

임프린트 대표 | 김경섭
기획편집 | 한선화 · 김순란 · 박햇님 · 강경양
디자인 | 정정은 · 최소은
마케팅 | 노경석 · 윤주환 · 조안나 · 이철주
제작 | 정웅래 · 김영훈

발행처 | 지식너머
출판등록 | 제2013-000128호
주소 | 서울특별시 서초구 사임당로 82 (우편번호 137-879)
문의전화 | 편집 (02) 3487-1151, 영업 (02) 2046-2800

ISBN 978-89-527-7189-6   03810